日本遺産
短編小説集
—
信州上田
10
ストーリーズ

CONTENTS

日本遺産短編小説集
信州上田10ストーリーズ

日本遺産短編小説集　信州上田10ストーリーズ

上田市周遊ガイド

本体表紙イラスト：澁谷美緒、NaniniNuko, アマカゼシオリ、ホンダマイ、
灰田昴広、相羽ほおずき、三堂いずみ、kenko、ゆきち、
後藤総壱郎、th.theta、くまのこ、メイ、三上雫、福坐

はじめに

まずは、星の数ほどある本の中から、この短編小説集を手に取っていただき、心より感謝申し上げます。タイトルをご覧になって、「日本遺産」とは何だろう？　「信州上田」とはどこだろう？　と疑問に思われる方もいらっしゃることでしょう。（それぞれ、「にほんいさん」「しんしゅううえだ」と読みます。）日本遺産や信州上田は、まだまだ知名度が低く、その疑問は当然のことです。

日本遺産とは、地域の独自の歴史や文化を語る物語を文化庁が認定するもので、世界遺産や国宝、重要文化財とは異なり、形がなくても意味を持つ物語がその対象です。これによって地域の歴史や文化の魅力を発信し、訪れたいと思わせるきっかけをつくり、実際に訪れた際にはその感動を深めてもらおうとしています。一言で言えば、聖地巡礼を促す取り組みであると私たちは捉えています。

信州上田、すなわち長野県上田市には、「レイラインがつなぐ『太陽と大地の聖地』～龍と生きるまち　信州上田・塩田平～」というストーリーが日本遺産として認定されています。このタイトルには、レイライン、聖地、龍といった神秘的で超常的なイメージが含まれていますが、もしかするとこれらの言葉がもたらす印象は、一部の方々にはオカルト的なものとして受け取られることもあるでしょう。また、観光目的で「遺産」と聞いても、その魅力を感じられない方々も多いのが現実です。地域の魅力や歴史を知り、感じてもらうための第一歩として、このストーリーがどのように皆様の心に響くのか、改めて考え直すことが求められました。

聖地巡礼について改めて考えてみると、映画やドラマ、アニメや小説など、さまざまな媒体で表現される作品が人々に感動を与えていることに気づきます。その魅力の一つは、特定の主人公に感情移入できるところにあるのではないでしょうか。しかし、「レイラインがつなぐ――」のストーリーには特定の主人公が存在しません。強いて言えば、信州上田の歴史と文化を育んできた市民の皆様が、その主人公と言えるでしょう。

この短編小説集では、感情移入できる主人公を立て、読みやすい物語に仕上げることを目指しました。文化財や歴史文化に興味を持たない方々にも、信州上田の魅力に気づいていただけるきっかけとなることを願っています。この思いから、「上田市の日本遺産をテーマにした短編小説」の制作を令和5年度に事業化し、令和6年度に書籍化・出版する運びとなりました。

書籍化にあたっては、より多くの方に興味を持っていただけるよう、表紙デザインにも力を入れています。見た目にも魅力的な本にするため、コンテスト形式で表紙絵や挿絵イラストを公募しました。多くの熱意あふれる作品が寄せられ、その中には特に魅力的なものも多くありました。選考が難航したこともあり、惜しくも入選を逃した作品も多かったですが、この取り組みが本書をより魅力的にしてくれることを期待しています。ご応募いただいた皆様には、心より感謝申し上げます。

本書には、さまざまなジャンルの珠玉の作品が集まっています。その中から一つでも、皆様の心に響く作品が見つかることを願ってやみません。そして、信州上田への興味を一人でも多くの方に持っていただければ幸いです。どうぞお楽しみください。

上田市日本遺産推進協議会

STORY 1

五尺七寸の光

信州上田。江戸時代、北国街道《ほっこくかいどう》の宿場町としてにぎわった紺屋町の呉服商「丸屋」の娘、おさんが自分の背丈を気にし始めたのは、いつのことだったか。七つになるころには、同じ年ごろの女の子よりも頭ひとつ高くなっていたし、十一のころには、三つ年上の兄の太一の背を抜いた。兄の友だち連中が、自分のことを「大女」と陰で言っていることを知って、ひどく傷ついたのもこのころだ。どちらかというと控えめで前に出るのが苦手なおさんは、その傷を胸にしまい込んだ。

十二のとき、大好きな祖母はな女《め》が、「岳《たけ》の幟《のぼり》」に連れて行ってくれることになった。「岳の幟」は、雨が少ないこの地で三百年以上続く雨乞いのまつりだ。

「ばば様、おときちゃんとお絹ちゃんも誘ってもいい」

「おうおう、よいとも。みなで食べられるようにくるみおはぎをたんと作っていこうかね」

暖かな縁側で子猫をなでながら、祖母はにこにこと応えた。

もともと丸屋は、亡くなった祖父が始めた店だ。農家の三男だった祖父は、農作業の手伝いや溜池工事の手間賃をこつこつと貯めて、北国街道から江戸へ出て、商売を学んだ。本当は絵師になりたかったのだという。はな女と知り合ったのも絵草子屋だった。丸屋の呉服がどこか垢ぬけていると評判になったのも、祖父と神田の町医者の娘だったはな女の趣味のよさが現れているのである。今は奉公人も増え、祖母が店に出ることはめったにないが、古い顧客は、はな女と話をしたくて来店することも多い。

祭りの日。太鼓の音が響く中、家の屋根より高い幟が何十も練り歩く。青い空を背景に赤、青、黄、色鮮やかな色柄の布地の龍が風をはらんで飛ぶ。歌声の方を見ると、大勢の見物人が、獅子舞に歓声を上げていた。

「おさんちゃん、あれ見て、お獅子よ」

「あの幟の花柄、私、欲しい」

おときやお絹ははしゃいでいたが、おさんは笑顔を浮かべはするが、はな女の後ろでうつむきがちだった。見物人の中に自分の悪口を言った少年たちの姿を見つけたからだ。もちろん、おときもお絹も少年たちに気づいている。チラチラ見ながら、突っつきあっているところを見ると、二人のうちのどちらかが、少年たちの中の誰かに気があるらしい。おさんは少し寂しくなった。

十五になると、おさんの背丈は五尺七寸になった。このころの男でもめったにいない長身である。家が呉服屋だから、着るものには不自由しないが、色柄は、年ごろとは思えない地味なものばかりになった。

「おさんは、色白で可愛らしい眉毛をしている。もっと明るい色を着たらいいと思うよ」

はな女は言ってくれたが、おさん自身はなかなか勇気がでなかった。

ほどなく、おときは柳町の造り酒屋に、お絹は鍛冶町の穀物問屋に嫁いでいった。十八を過ぎるころには、未婚なのはおさんと婿取りの予定がのびのびになっている旅籠屋の娘だけになった。心配した両親は、生島足島神社や長楽寺・常楽寺・安楽寺の三楽寺参りを続けたが、縁談はこないままだ。

「そりゃあ、私もいろいろと当たってては見たんですよ。でも、なかなかねえ…」

庭で仏間に供える菊を切っていたおさんの耳に、叔母の声が聞こえてきた。おさんはこの叔母が苦手だ。思ったことを口に出さずにはいられない性格の叔母は、「本当に何を食べたらこんなに大きくなれるのかしらねえ」などと、おさんの心にチクチクとトゲを刺していく。こんなとき、「子どものころ大きくなれと用意してもらった力餅を食べ過ぎたんですよ」と笑い話にでもできる器量が自分にあればとも思うが、それはない。できれば会いたくないと庭からお勝手に回ったが、叔母はわざわざ勝手口にやってきた。

「おさんちゃん、気にすることないよ。世の中には、後添いで幸せになった人だってたくさんいるんだから。太一っちゃんの嫁取りまでには、きっといい話があるからね」

また、トゲを刺していった。

仏間にははな女がいて、白と黄色の菊を渡すといつもの笑顔を向けてくれた。

「いい具合に咲いたねえ」

菊と線香の香りが漂う。おさんは、この香りが好きで、うっとり目を閉じた。

「お前は、小さい時から菊の香りが好きなんだね…。実はね、おさん、私の古い知り合いで信濃国分寺の近くで庵を結んでいる庵主様が、お年を召して身の回りの世話をしてくれる人を探しているんだよ。よかったら、お前、しばらくそこでお手伝いをしてくれないかえ」

突然の話で、おさんは目を丸くしたが、なぜか、その瞬間、これはとてもいい話ではないかと感じた。菊の香りのせいかもしれない。

「ばば様、私、行きたいです」

両親も賛成してくれ、三日後には出立した。信濃国分寺には、古来、尼寺もあり、多くの尼僧がいたという。おさんが訪ねた庵は、思った以上に立派な建物だった。黒いお仕着せの中年女性に案内されて、奥の間に行くと庵主が待っていた。そこは書庫らしく、壁一面の棚に書物が並んでいた。

「よう、いらっしゃいました。まあまあ、はな女様によう似て、お可愛らしいこと。これからよろしゅう頼みます」

なんと品の良い声だろう。それに八十歳近いと聞いていたが、足腰はしっかりしていて、お弟子さんもいる。自分をここへ寄こしたのは、祖母の思いやりだったのだなとわかった。

それからの日々は、おさんにとって素晴らしい経験になった。おさんは炊事、洗濯、庭の手入れなどもするが、余った時間は本を読めた。ここには精進料理本から植物や動物の各種図録、医学、本草学や天文学もある。すべてが理解できたわけではないが、目の前に新しい世界が開けた気がした。中でも算術の本が面白い。「五明算法《ごめいさんぽう》」という本には、扇の中に描かれたいくつかの円についての問題が出題されていたりしていて、おさんは夢中になった。

いつもより穏やかな冬が過ぎて、あっという間に半年がたったある日、はな女が足を傷めたと知らせが来た。急いで丸屋に戻ると、はな女が足首に湿布を巻いて縁側にいた。

「おばば様、大丈夫ですか」

「心配かけてすまないね。庭でちょいと足をひねって転んでしまって…。もう大丈夫だよ。

それよりも俺は楽しいかい」

「それはもう、よくしていただいています。本もたくさんあって」

「そうかい。それはよかった。お前は子どもの時分から本が好きだったからね」

「特に算術が面白くて…そうだ、うちの古い算盤《そろばん》をいただけませんか」

「おじじ様が使っていたのがあるよ」

「そんな大事なものは…」

「道具は使われるから命があるんだよ。おじじ様も喜んでくれるはずだよ。そうそう、番頭の幸兵衛が、別所温泉の湯につかれば早く治るだろうというので、明日にもでかけようと思うんだよ。お前も来てくれるかえ」

「すぐにしたくします」


問屋場にはな女が乗る駕籠《かご》を用意してもらい、おさんと手代、女中一人が付き添って別所温泉に向かった。春の日差しが暖かく、途中で弁当をつかいながらののんびりした道中だった。

一行が常楽寺参道の入り口にある将軍塚辺りに着いたのは、昼を大分過ぎた頃だ。将軍塚は昔、人々を苦しめた戸隠山の鬼女紅葉《きじょもみじ》を、北向観音の宝剣で退治した平維茂《たいらのこれもち》の塚ともいわれ、供養塔が建てられている。そこには厄災時に人々を救うための黄金が埋められているという伝説があった。ただし、心が正しくない者がその金を掘りだせば、町は滅ぶともいわれる。

一人の男がふらふらと塚の前に来たかと思うと、手にした太い枝のようなもので突然、土を掘りだした。うしろにも二人いて、三人とも中年の商人風だが、昼間からかなり酒を飲んでいるらしい。

「一攫千金、して見しょうぞ」

「おお、やってみせろ」

湯宿の番頭らしいのが走ってきて枝を持つ男の手を止めようとしたが振り払われ、塚から転げ落ちてしまった。その姿を見て笑う三人を見たおさんは思わず駕籠屋が手にしていた竹の棒を手にして塚を登っていた。そして、なおも掘り続けようとする男が、自分を見上げた瞬間、棒を相手のみぞおちめがけて突き出した。ここを狙ったのは、子どもの忍者が大きな敵を棒で撃退する絵草子の場面を思い出したからだ。

「ううっ」

男はしゃがみ込んで動かない。連れの二人が何か言おうとしたが、塚の上で棒を手に仁王立ちになったおさんを見て、

「ひっ、鬼女」

と叫び、しゃがんだ男を置き去りに逃げ出していった。参道にはその様子を見ていた湯治客もいた。大女の次は鬼女…おさんは唇をかみ、ぎゅっと目を閉じたが、涙があふれた。

半月ほど別所温泉に滞在し、はな女とおさんは丸屋に戻った。足が癒えた祖母はしょんぼりするおさんを何かと励ましたが、あまり効果はなかったようだ。

そこに思わぬ話が舞い込んできた。

「縁談…私にですか」

「そうなんだよ。海野町《うんのまち》本陣の柳澤家から、跡取りの太郎兵衛さまの嫁にお前をぜひにと」

「ご本陣の跡取りといえば、大変なお役目です。何かの間違いじゃないですか」

「それが、お前を見染めたと太郎兵衛さん本人が仰っているそうなのだ」

父も母も困惑気味だったが、三日後には正式に仲人が挨拶にやってきた。聞けば、太郎

兵衛は二十二歳で初婚。あのとき別所温泉にいたのだという。あの大立ち回りのことは、忘れたいおさんだったが、一応、話だけは聞いて、考えさせてもらうことにした。

「聞いたよ、あんたの縁談のこと」

耳ざとい叔母がすぐさま押しかけてきた。

「でもねえ、気をつけた方がいいよ。海野の柳澤さんといえば、名字帯刀を許された名家だけど代々変わり者の当主が多くて、寄り合いに一切出ないどころか、ご本陣にご滞在の殿様にも挨拶にも出てこないというんだからねえ。財はすごいけど、なんだか薄気味悪いじゃないか」

どうしてこういうことを言いに来るのかと思ったが、おさんはかえって太郎兵衛に興味を持った。

「叔母さん、相手は鬼男とか龍の化身かもしれませんね」

「バカ言うんじゃないよ。おお、怖っ。あたしはもう帰るよ」

鬼男だったら、私にお似合いかもしれない。おさんにしては、珍しくちょっと拗ねた感情だった。

そのさらに三日後、わざわざ母親のつねとともに丸屋を訪ねてきた太郎兵衛を見て、おさんは少し驚いた。背丈はおさんより低いものの、鬼どころか、優しいまなざしを持つしっかりした若者だったのだ。

「このご縁はぜひにと思っております。どうぞ、よろしくお願いいたします」

手をついたおつねも福々しい笑顔の持ち主で、母やはな女とも茶菓をはさんでにこやかに話をしている。太郎兵衛は太一に誘われて縁側に腰かけた。

「別所温泉で妹を見染めたというのは、本当ですか」

二人の後ろにいるおさんは、顔から火が出そうだった。

「はい。実に勇ましく、私の探していたのは、この人だと直感いたしました」

「兄として言いますが、妹はふだんは気が優しくおとなしい性格です。じゃじゃ馬だと思ってもらっては困ります」

「それはもう、宿でおばば様を労わるお姿を見てわかりました。私どもは本陣でお武家様をお泊めしますので、ああした心配りと、いざとなったときの強い心がある方でないと困るのです」

「それはご当主の仕事では」

「私は当主も妻も、広く時世を知り、学び、働くべきと存じます」

思わず、おさんが口を出した。

「太郎兵衛さんは、本をお読みになりますか」

「はい。江戸の本屋からいろいろと取り寄せております」

「算術は」

「商売にも欠かせませんし、難しい問題を考えるのも楽しいものです」

「もしや、『五明算法』をお持ちでは」

「今、一等好きな本です」


縁談はとんとん拍子に進んだ。祝言の日、綿帽子を被ったおさんの姿を見て、両親は盛大に泣いたが、「何か言うやつがいたら、棒で突いてやれ」と言った兄まで目を赤くしているのを見て、おさんは胸が熱くなった。

柳澤家の披露宴はごく内輪で行われた。当主は代々太郎兵衛を名乗るが、おさんはそこで初めて、夫の父である先代の太郎兵衛に会った。りっぱな紋付き袴の先代は、おつねに手を引かれ、ゆっくりと着座した。おさんは手をつき、「おさんでございます。どうぞ、末永くよろしくお願いいたします」と挨拶をした。目を閉じ、少し顔を傾けながら聞いた先代は、「よいお声じゃ。こちらこそ、よろしく頼む」

冬至の日。太郎兵衛とおさんは、「生島足島神社」に結婚の報告をしにいくことにしていた。供も連れず、二人で参拝をすませると、その肩に赤い花びらがひらひらと落ちてきた。

「お前様、どこから飛んできたのでしょう。赤い花びらが」

「この地には、日の光と大地を示す陽ノ宮碧という精霊がおるという。我らを祝ってくれておるのかもしれん」

まもなく太郎兵衛が待っていた時刻になった。少しずつ沈み始めた夕陽が西の鳥居にすっぽりとおさまり、黄金色の光が二人を照らしながら、一気に塩田平を走り、信濃国分寺まで一本の道になる。それは若い夫婦が歩む道そのものに見えた。

「私の祖父も父も早くに視力を失くし、侮られぬよう人前に出ないようになった。私もいずれはそうなるかもしれん。それでも私はおさんと力を合わせて家を守り、外に出る。ここにもまた来たいと思う。…助けてくれますか」

「喜んで、お供いたします」

月日は流れた。

あの祝言から、三十年余りたって、ご維新の世となった。本陣の御用はなくなったが、宿場の顔として、太郎兵衛、おさん夫婦は新政府とも渡り合い、慕われている。子ができなかったのは残念だったが、太一の三男を養子に迎え、今や孫が三人。みな長身の娘たちだ。

ある夏至の日。太郎兵衛とおさんは、再び生島足島神社にいた。

太郎兵衛の目は、もう何年も前に見えなくなっていた。

やがて夜明け。太陽は東の鳥居の真ん中から昇り始めた。

「輝くおてんとうさまがこの身を包んでくれる。この目にもよく見える。」

うれし気な夫の顔は、冬至の日と変わらない。

この人と歩いてきてよかった。そして、まだまだ進むべき光の道がある。

五尺七寸の高さから、おさんは、その道をしっかり見つめていた。

イラスト／くぼまなみ

STORY

2

忍びと瑠璃

「瑠璃《るり》、じゃな」

目の前をツイッ、ツイッと飛ぶ青いトンボを見た鬼丸は、ふとつぶやいた。

仏の宝のひとつだという瑠璃を、十九になったばかりの鬼丸は、もちろん見たことはない。だが、昨日、密かに忍び入った安楽寺の三重塔の中を細い格子の囲い越しにのぞいたとき、尊い大日如来の光背にやはり青い色がちらりと見えた。そして故郷では見たこともないマダラヤンマにも同じ色がある。これは仏の使いのトンボだと鬼丸は思い至ったのである。

慶長四年（西暦一五九九年）秋。この翌年、関ヶ原で大戦になるとは、まだ誰も知らないころ。

鬼丸は十日前から、兄貴格の黒丸とともに信州上田・塩田平の溜池工事の現場で働いている。水の利が悪いこの地域では、しばしば水不足が起きるため、昔から溜池が作られてきた。これからさらに田畑を広げるため、農閑期に拡張工事や新規の溜池作りを行うのである。鬼丸は掘り広げた池の土手に腰かけ、夕陽に羽を光らせるトンボをしばし見ていた。稲はすでにきれいに刈り取られ、切り株が整然と並んでいる。その軸の太さを見れば、今年はまずまずの豊作だったことがわかる。空気は澄んでいて、鬼丸が暮らす江戸のほこりっぽさとはえらい違いだ。急速に町づくりが進む江戸は、普請《ふしん》だらけで、土埃がすさまじく、目に入ったごみをとることを商売にする者までいる。

鬼丸と黒丸は、ともに徳川の忍びだ。九年前、徳川家康の江戸入城にしたがって、彼らも江戸近郊に暮らすことになったが、指令を受ければ各地に散って情報を集め、時には暗殺にも手を染める。鬼丸は出張仕事は初めてだが、三十代半ばの黒丸は、幾度もこうした仕事をしたことがある。忍びとして働き盛りといっていい。今回は、上田の真田一族の動きを偵察するのが、彼らの仕事だ。

大坂では、太閤秀吉の死後、幼い跡取り秀頼を助けるため、前田利家ら五大老と石田三成ら五奉行が政《まつりごと》を行うことになったが、実質、天下の中心にいるのは家康だった。それを豊臣恩顧の者たちが許すはずもなく、大きな衝突は避けられそうもなかった。そうなると徳川方としては、真田一族の動きが気になる。なにしろ、真田昌幸は、過去に、この上田の地で徳川軍を退けたことがあるのだ。かつて武田に従っていた真田は情勢を見て、手のひら返しもして見せる。油断ならない相手だ。嫡男の信幸は、徳川四天王のひとり、本多忠勝の娘を妻としており、家康に味方すると思われるが、昌幸が何を考えているのか、つかめないのが現実だった。実際、この時期、昌幸は京にいるはずだったが、人知れず上田の地に戻っていた。それはいずれくる合戦のために軍備を整え、城の改修などを指図するつもりではないのか。鬼丸と黒丸は、真田の動きを探り、必要とあれば彼らの命を奪う覚悟でこの地に来ている。

「それにしても」

人夫が寝泊まりする小屋に向かう途中、人気がないことを確かめて、鬼丸は黒丸に話しかけた。

「我らの素性などを詳しく調べもしないで工事に入れるとは、いくら人手が欲しいからといって、この地の者たちはのんびりとしておる。これでは忍びは入り放題じゃ」

「それが真田の策かもしれん。我らにわざと違うことをつかませて報告させる。それくらいのことをやりかねんぞ。よくよく気をつけることだ」

人夫は、ほとんどが近隣の農民たちだったが、中にはかなり遠方から流れてきている者たちもいた。鬼丸は、さすがに黒丸はよく見ていると思った。江戸に親がいる自分とは違って、早くに身内を亡くして、里の長老に育てられた黒丸は、一人っ子の鬼丸にとって厳しくも優しい兄だった。今回の上田行の相棒に自分を選んでくれたことを、鬼丸は誇らしく思っている。

「おもうは、どうしているかのう」

女忍びのおもうも同じくこの里に入り、今は昌幸の屋敷に下女奉公している。鬼丸にとって七つ上のおもうは、幼なじみの親しさと姉のような頼もしさの両方を感じる存在だった。忍びの働きとしては、おもうは大先輩で、今から十年前の天正十七年（西暦一五八九年）、石田三成が、大谷刑部、真田信繁（幸村）とともに北条方の忍城《おしじょう》攻めを行った際、おもうは現地に潜入して、その戦の行方を追った。実戦経験の乏しさを言われていた三成は、大規模な普請で忍城を囲い、水攻めにしながら、ついに落とすことができなかった。このことで、三成は「戦下手」との評がますますついて回ることになった。

だが、鬼丸にとって、三成の評価などはどうでもよかった。何より気になったのは、この任務から戻ったおもうが身ごもっていたことだった。女の忍びが男と寝て、寝物語に情報を得ることはよくある。男の忍びが潜入先の遊女の話を聞きとるのと同じことだ。おもうがどういういきさつで身ごもったかなど、里では一切問題にされず、本人も何も語らない。翌年、おもうは女の子を生んだ。

鬼丸は、今回、おもうが久しぶりに遠方への潜入を引き受けたのは、おさとと名付けた娘の手が離れたこともあったが、やはり忍びとして働きたかったのかとも思う。驚いたことに上田潜入が決まると、おもうは猛然と太り始めた。芋や栗、ひえや粟を食べに食べ、細くしまったからだをぶよぶよにした。里の婆の知恵で、臭い猪の脂を髪に付けて太陽光にさらして、美しい黒髪をくすんだ土色にした。万が一、忍城攻めの際の顔見知りに出会っても気づかれないようにという配慮だったが、野百合のようなおもうの面影を消されていくようで、鬼丸は少し悲しかったのだ。

鬼丸たちより先に上田に着いたはずのおもうからは、まだ、つなぎがない。

人夫たちの小屋で、玄米に菜漬、きのこがたっぷり入った味噌の汁を腹に入れると、鬼丸は外に出た。忍びの足なら、夜目でも自在に走れる。なるべくこの里の地形を頭に入れておくつもりだった。

黒丸は、また地元の人夫たちと地酒を酌み交わすつもりなのだろう。鬼丸も四度ほどつきあったが、そこで必ず出るのが、天正十三年（西暦一五八五年）、わずか千数百人の真田軍が七千もの徳川軍を撃退した話だった。「あの折の昌幸さまのご采配は実に見事だった」「うちの親も鍬を手に城に駆けつけたそうじゃ」勝ち戦の話をくどいほどに聞かされることになったが、それほど地元では真田の人気が高い。いざとなれば、領民たちも戦う覚悟ができているようにも見える。あの忍城が、城を水浸しにされながら、最後まで落ちなかったのも、城に籠る甲斐姫たちを慕う地元民の結束があったからだと聞かされている鬼丸は、改めて真田とは戦いにくいと考え始めていた。

加えて真田には、腕利きの忍びがいるという。

「霧隠才蔵…」

黒丸を超える忍びがこの世にいるとは、鬼丸には信じられないが、この名を口にしたときの黒丸の引き締まった横顔をよく覚えている。才蔵はこの里にいるのか、それとも自分たちと同様にどこかに潜入しているのか。いずれにしても、どこかでその姿を見たい、できれば戦ってみたいと思う。

夜気は日に日に冷たくなっていく。

鬼丸は、今夜は生島足島神社に行くつもりだった。昨夜の安楽寺とともに地元では深い信仰を集める社と聞いている。北条氏や武田氏も崇拝したという神がどんなものか。一度見ておこうと思ったのだ。うす暗い林を抜け、石畳を行くとりっぱな鳥居があった。

草むらから、虫の音が聞こえる。この時刻になると、参拝する者はいないようだ。

「そなたは…忍びかの」

突然、暗闇から低い声がして、鬼丸は、体を固くした。辺りに気を配っていたつもりだったが、気づかなかった。そのうかつさが鬼丸を焦らせた。右手は懐の小刀を握る。

「その足音でわかるのさ。まだ若いな…」

大ケヤキの陰から出てきたのは、子どもほどの背丈の老婆だった。つぎがあたった野良着だが清潔で、手にした杖も太い竹に握りやすくするための浅黄色の紐が巻いてある。目は閉じたままで、あまり見えないらしい。

「婆も昔は地の草として働いたものじゃ」

地の草とは、農民や商人としてその地に根付き、密かに活動する者たちである。おもとのつなぎも、こうした者たちから黒丸が拾ってくる。ときには木の実の中に入れた小さな密書をやりとりすることもあるという。鬼丸は、まだこの地の草と接触したことがない。

「婆は誰の草じゃ」

「遠い昔のことじゃ。わしの一族は絶え果てて、もうわし一人しかおらん。ほれ、柿を食え」

見えないはずだが、柿は正確に鬼丸のところに飛んできた。

「油断ならぬ婆じゃな」

「ほうか。それは誉め言葉じゃな」

鬼丸は、かりっと音をたてて柿をかじった。甘い。江戸の柿とはどこか味が違うようにも思える。

「りっぱな社じゃのう」

「このご神体は、大地。すなわち国土そのものじゃ。信濃だけではない、西国も東国も豊かなこの国のすべてを守っていてくださる」

「わしは神というものを見たことがないぞ」

「お前がもし、真冬までこの地におるのであれば、西の鳥居の向こうに日が沈むのを見ることができる日があるはずじゃ。そうすれば何かを感じることができるやもしれん」

「婆は見たのか」

「見た。鳥居の中におてんとうさまと女神岳が見えての。神々しいとは、このことじゃと思ったものじゃ」

「わしも見てみたいものじゃ」

「ならばその命を大事にすることじゃ。真田の忍びは強い。気を緩めてはならん」

言われなくてもわかっておる、と言いかけた鬼丸だったが、口からは出てこなかった。

「…柿、うまかったぞ」

柿の軸を放り投げると、鬼丸は夜道を駆け戻った。

小屋に戻ってから、神社で出会った婆のことを黒丸には言えずにいた。よそ者と接触している場を見られると、地の草たちが怪しまれ、最悪の場合、命にも関わる。黒丸からは地元の者と接しないよう言われていた。鬼丸は、とにかく黒丸には心配をかけたくなかった。近頃、とても疲れた顔をしているのは、仕事に不慣れな自分がいっしょにいるせいで、思うように動けないからではないかと感じるからだ。

おもうからつなぎが来たのは、三日後だった。昌幸が、別所温泉に行くようだという。おもうも下働きとして同行するとのことだった。

塩田平の西端に位置する別所温泉は、平安時代に淳和帝が入湯したと伝わる古い温泉で、かの木曽義仲の愛妾・葵の前が訪れたことでも知られる。鬼丸は、近くの安楽寺や北向観音を下見していたので、道筋は頭に入っていた。

「そもそも真田は、京にいることになっておるはずじゃ。城に武具を運び込んでおる様子もなく、今度は温泉じゃと。ようわからん」

「どうやら新しい妾ができたらしい。それもまだほんの小娘と聞いたぞ」

鬼丸は、一瞬、おもうのことが頭に浮かんだが、あの容姿はとても小娘とは言い難く、そのことは頭から追い出した。それにしても五十の坂を越えた昌幸が小娘の妾を連れて湯につかっているところを思うと、ますます食えない親父だと思えてくる。

溜池の工事はあらかた片付きかけていたから、自分の田畑の手入れをするために地元に帰る者もぽつぽつ出てきていた。人が動いている時の方が、忍び仕事はやりやすい。黒丸と鬼丸も何気なく荷物をまとめ、溜池から去った。

別所温泉の中心にある北向観音堂の参道は、小春日和とあって、善男善女、多くの参詣人が訪れていた。参拝客を目当てにだんごや栗を焼く香ばしいにおいがする。

鬼丸と黒丸も人にまぎれて昌幸の一行が到着するのを待ったが、人目を気にしたのか、彼らが一番大きな湯宿に入ったのは、夜半だった。馬に乗った昌幸と妾のおはとが乗る輿の後ろに連なる警護の侍、荷物を抱えた従者の中におもうもいた。鬼丸は、すぐさま宿の床下か物陰に潜むつもりでいたが、黒丸に押しとどめられた。

「おそらくあやつらは侍のふりをした忍びじゃろう。下手をすれば感づかれる。ここはおもうに任せよう」

宿の者に迎えられ、黒いひげを揺らしながら、満足気な顔で入っていった昌幸の顔を鬼丸は頭に刻み込んだ。

その夜は、近所の農家に米を渡し、軒先を借りることにした。

「やはり、こいつらは忍びか…」

湯宿で荷ほどきをするおもうも感づいていた。京から昌幸が密かに上田に戻る際に同行した侍たちの半数は、めったに話もせず、目配りが鋭い。だが、残りの半数は馴れ馴れしいほどに下働きの者たちに話しかけてくる。おそらく昌幸の留守中に怪しい者が入っていないか、城下でおかしな動きがなかったか、探ろうとしているに違いない。ここには無口な組がついてきた。おかげでうるさくなくて助かるが、黒丸につなぎをしたくても、やつらの目があって動きにくいのが困る。北向観音の茶店のひとつに地の草がひとりいて、それを頼りにするほかはなさそうである。

「殿が白湯を所望じゃ」

お供の烏森三左衛門がおもうに声をかけてきた。この男の声を聞いたのは初めてだった。だが、どこかで聞いたことがあるような気もする。おもうは声を出さず、うなづいた。殿様に白湯を運ぶなど、いつもは城の侍女の役割だが、うわさ好きの女たちを連れてくると、妾の話がたちまち広まり、昌幸の妻・山手殿の耳にも届く。そのことを避けるためか、同行した女は飯炊きの婆ふたりとおもうだけだった。ここではおもうの仕事も増えそうだ。

ひざをついてゆっくり立ち上がると、おもうは炊事場で湯を沸かし、客間の昌幸のところに運ぶ。耳をすましたが、小娘の笑い声が響くばかりで、大事な話はなされていないらしい。

「そなたははとではなく、まるで鹿のようじゃ。よう跳ね回る」

「嫌ですわ、殿様。鹿は皮をはがれて殿様のお尻に敷かれてしまいます」

「わしはいつも尻に敷かれておるからのう」

「まあ、ふふふふ」

これでは、黒丸に報告しようがないではないか。夜露をしのぎながら、こちらの知らせを待っている黒丸と鬼丸のことを思うと、申し訳ない気がしてくる。

「それもこれも」

真田昌幸という男の本心がつかみにくいためであった。宿の者が用意した丸々と太ったいわなの塩焼きを「うまい、うまい」とほおばり、酒を存分に飲んで、ろくに湯にもつかりもせずに寝所に入った昌幸からは、謀《はかりごと》の気配は感じられない。かまどで火の始末が終わった夜中、飯炊きの婆たちと湯につかりながら、おもうは目を閉じた。

信州最古の温泉と言われる別所の湯は無色透明でなめらかだった。飯炊きの婆たちも「若返りそうじゃ」と喜んでいる。

忍びの女が己の容姿を気に掛けることなど、あってはならないことだが、こうして裸になってみると、急激に太った体は重く、醜く思えた。まだ、三十までには数年あるが、すすけた髪を束ねた自分は四十を超えて見えるだろう。十年前、さとをみごもったころは、身も軽く、戦場で働く男たちに食い物を配りながら、若い娘に注がれる視線を常に感じていたものだった。あのとき見上げたのは、明るい夏の夜空だったが、今は濃厚な黒い空に秋の星が光っている。

「おもう、明日は蕎麦粉を手に入れてきてくれんか。以前も殿様は急に蕎麦を食べたいと言われたことがあってのう」

「ほんに突然にあれが食いたい、これはないかと言われる殿様なのじゃ」

婆たちに声をかけられて、おもうは我にかえった。宿から出る用事ができるのは、好都合だった。

「あい。朝いちばんに庄屋に聞いてまいります」

翌朝、庄屋に紹介された農家で蕎麦粉を求め、帰りに北向観音の草のもとを訪ねたおもうは、そこでも何も情報を得られず、少しがっかりしながら宿に戻った。すると、婆からせっかく蕎麦粉を手に入れてもらったが、今日殿様は安楽寺に出かけ、そこで和尚と語らうため、夕餉は必要ないと言われた。いつもの気まぐれ、思いつきの行動ともとれたが、妾は宿にとどめ、昌幸は三左衛門らと寺に一泊してくると聞いて、おもうの勘は「あやしい」と音を鳴らし始めた。このことはすぐに黒丸に知らせねばならない。

「さきほどの庄屋のところに食べごろの柿が実っておりました。今宵はおはとさまにその柿をご用意いたしましょうか」

「おお、よう気が利くの。あのお方は殿が寺に行くと言われてから、機嫌が悪うて困っておるのじゃ。悪いが頼めるか」

「あい」

再び宿を出ようとしたおもうは、勝手口の前にいた三左衛門と出くわした。

「どこへ行く」

「おはとさまの夕餉に出す柿を求めに参ります」

三左衛門はかすかにうなづいたように見えたが、それにかまわずおもうは頭を下げ、歩き出した。背中に三左衛門の視線を感じるような気がしたが、振り返ってはならない。とぼとぼと進み、決して速足にならないよう気をつける。

あの男は、なぜ、勝手口にいたのか。警護のためか、それとも、目立たぬように誰かとつなぎをするためか。宿を背に立ち、誰かを待っていたようにも思える。ますます、あやしい。

庄屋で柿を手に入れると北向観音の草のもとに出向き、昌幸の動きを黒丸たちに知らせるよう頼んだ。草の男は四十がらみで客商売らしく愛想はいいが、おもうの記した密書を見た後の動きは的確だった。これで黒丸には、しっかり話が伝わるだろう。

おもうから知らせを受けた黒丸は、一度どこかへ出かけたが、しばらくして戻り、鬼丸と安楽寺にでかけた。食料を手に入れてきたらしい。鬼丸は安楽寺には行ったことがあったので、案内役を引き受けた。

鎌倉時代、惟仙和尚《いせんおしょう》によって開創された安楽寺は、信州最古の禅寺として知られる。木々が繁る林の道を登ると、光背に瑠璃を背負う仏が安置される木造の八角三重塔が見えた。キーキーというヒヨドリの鳴き声が響く。本堂はうかつには近づけないが、木立と夜がつくる闇に紛れて、様子をうかがうことはできそうだ。

「今のうちに腹の中に入れて置け」

イラスト／清水円

黒丸は、つぶした飯を固めて味噌が塗られた食い物をいくつも出した。ありがたいことに草の男が用意して、寺の近くに隠しておいてくれたらしい。黒丸と鬼丸は、黙って飯を腹に入れた。

昌幸の一行が現れたのは、日が暮れようというころだった。昌幸は、陽気な様子で八人の供を従えて、山門をくぐっていく。岩陰からその様子を見ていた黒丸は、そこに烏森三左衛門がいることを確かめた。烏森は、あの忍城の戦の際にも昌幸の最側近として近くにいた男だ。忍びではないが、目の配りにも足運びにも隙が無い。他の七人には見知った顔はなかった。選び抜かれた遣い手であることは間違いない。

やがて林は闇に包まれた。寺の周りは、真田の侍が警備をしている。やはりただの訪問ではない、と鬼丸が思った時、小さな灯りが山門に近づいてくるのがわかった。

（何者だ……）

鬼丸は目を凝らした。カシャ、カシャと腰の太刀の音が響く。五人の供を連れている。小者ではないらしい。出迎えた寺僧の持った灯りに一瞬、照らされた顔を見た黒丸は、それが誰かわかった。彼らが奥へと進んだのを見計らって、黒丸は鬼丸にささやいた。

「あれは大谷刑部《おおたにぎょうぶ》の家老じゃ」

「……！」

大谷刑部吉継は、秀吉の存命時には、石田三成らとともに秀吉の有馬温泉の湯治に同行したり、九州征伐や朝鮮出兵の戦でも活躍した大名で、筋を通す男として知られていた。忍城攻めにも序盤、真田とともに参戦していたので、黒丸はその家老の顔を見知っていたのである。吉継は長く病に苦しんだとされるが、立身の過程で三成と深く関わって来ただけに、真田とはまた違う意味で腹の内が気になる存在ではあった。

と、山門に三人の男が音もなく現れた。気が付かなかったのは、彼らが参道ではなく、わざわざ林を抜けてここまで来たのに、灯明などを一切使っていかなかったからだ。近くの枝にいた梟《ふくろう》が丸い顔を傾け、彼らを見下ろしている。

（先ほどの七人に加えて、これで十人…）

真田にはそれぞれに技を持つ十人の遣い手がいると聞く。彼らがそうなのかもしれない。あとから来た三人の中に身のこなしに風格を感じさせる長身の者がいた。

（あれが才蔵ではないか…）

鬼丸は身を固くした。黒丸も目を凝らして三人を見つめている。三人は門から中には入らず、見張りをするらしい。

鬼丸たちは少しでも近づいて、密談の内容を聞き取りたいところだが、これだけ厳重に警備をされていては、騒ぎを起こすだけである。それよりもここで密談が行われたことだけでも、里に知らせることが肝要だ。

黒丸はいったん離れようと鬼丸に目配せをしたが、鬼丸は動こうとしない。強い敵を目にして、緊張と闘志で動けないのだ。かつて黒丸にも同じ経験があったからよくわかる。だが、今は戦う時ではない。二人の足元は夜露でじっとりと濡れた。

結局、朝方まで、山門を見張ったが、それ以降、訪ねてくるものはいなかった。

明け方、まず、大谷家の家老が出てきた。山門辺りを掃除する寺僧にも声をかけ、落ち着いた様子だ。烏森三左衛門が見送りに出ていた。話し合いはうまくまとまったに違いない。念のため、黒丸があとをつける。

昌幸が出てきたのは、日がかなり高くなってからであった。残念ながら、男たちに囲まれ、表情は見えなかったが、

「おはとがうるそうてのう。ここではゆるりと寝れたわい」

などと、のんきそうに話をしている。そのすぐあとに例の三人組も従う。一行の行き先はおはとのいる温泉宿と察しがつく。鬼丸は距離をおいて追跡することにした。暗い林を

抜けると、日がまぶしい。雨が極端に少ないこの地は、今日も快晴だ。おかげで見通しがよく、昌幸の乗る馬と侍たちの姿もよく見える。歩きながら、鬼丸は黒丸に教えられた心得を思い出していた。何よりも大事なのは、生きて戻り、知り得たことを里に知らせることである。たとえ仲間が斃《たお》れても、決して声を発してはならない。声を出した分、逃げる時間がなくなる…。十九にもなってこどものような教えを反芻している自分が情けなかったが、鬼丸がこどものころの北条攻めの戦以来、忍びが活躍するような現場はなかったのだ。結果、実戦経験を積む機会がないまま、ここまできてしまった。行き先が見え見えの尾行だが、敵方に霧隠才蔵がいると思うと、気が抜けない。

宿が目の前、というところで大谷の家老をつけていた黒丸が戻って来た。急ぎ走りでここまできたせいか、日差しを避けるための頬被りの顔色がよくない。

「あのまま敦賀か大坂に向かうつもりらしい」

敦賀は大谷の領地であった。

二人とも溜池工事の農夫の格好をしているので、目立つことはない。一行が、宿に入るところを見届け、のどが渇いた二人が宿の先の小川に向かおうと歩き出した時だ。

「これからどこへ行く」

低い声がした。振り返ると、日の当たる道に堂々と才蔵が立っていた。黒丸ですら、近づいていたことに気が付かなかった。本来なら、わざわざ忍びが顔をさらして、道の真ん中に立つなどというのは、罠だと気づくべきだった。だが、経験の浅い鬼丸は、焦ってしまった。

「溜池を掘りに……」

とっさに鬼丸の口から出た言葉を、才蔵はとがったあごと鼻で、ふんと吹き飛ばす。

「おぬしらの主は誰だ……おそらく徳川か。だが、おぬしらも仲間も、何もつかめまい。つかめたとて、生きては返さぬ」

（仲間……おもうのことかっ）

鬼丸が短い忍び刀を手に、猛然と走り出した。挑発に乗り、才蔵にあと二人仲間がいたことを忘れている。黒丸は、

「よせっ」

叫んだが遅かった。才蔵からかなり離れた茂みから、鬼丸に向かって矢が放たれた。

「ぐっ……」

矢が貫いたのは、鬼丸を抱き込むようにかばった黒丸だった。矢は脇腹に深々と刺さっ

ている。ずるずると倒れ込む黒丸を見た鬼丸は、一瞬、口を開きかけたが、黒丸の体を盾にするようにしながら、体を反転させ、駆け出した。その背に二の矢、三の矢があびせられたが、どれもはずれたようだ。鬼丸の姿はみるみる小さくなった。

そのころ、湯宿では昌幸が屋敷に引き上げると言い出し、おはとが頰をふくらませていた。

「せっかくの名湯ですのに。もっと湯に入りとうございます」

「わしもいろいろと忙しいのじゃ。また、ゆるりと参ろう」

「きっとです。約束してくださりませ」

慌ただしく出立の準備をすることになり、婆たちも荷物をまとめるのにあたふたしている。おもうはがらんとした炊事場で最後のかまどの火を落としていた。

「……おつた、と申したな」

背後から不意に声がして、おもうは驚いた。おつたとは、かつて忍城の戦の際に使っていた偽名だった。身元が知れたか。素手のおもうの目は、とっさに使えそうな得物を探す。

声の主は、三左衛門だった。その後ろには、昌幸もいる。

「……」

昌幸は、上から下へとなめるようにおもうの姿を見ながら、言った。

「我らに正体をつかませぬためだろうが、ずいぶん、姿かたちを変えてきたの。それだけ危うい思いをしてまで、この地に入ったのは、源次郎（信繁）に会うためか」

「……」

「そなたが、あの折、源次郎と割ない仲だったことは承知しておる。だが、源次郎はここにはおらん。大坂じゃ。わしもまもなく戻る。お前がどうするかはお前が決めることじゃ。それにしてもよう化けたのう。じゃが、わしの目はごまかせぬ。わしは好みの女のことは忘れないのじゃ。忍城の陣で源次郎を介抱するお前を見て、わしにくれと言ったら、源次郎と三左衛門にこっぴどく叱られた。あれから、もう十年になるか。お互い、よう生きていたものじゃ」

あの時…。足に傷を負った信繁を介抱した自分は十七歳のこどもだった。三左衛門の声を聞いたのは、その折だろう。自分が、此度、真田の動きを探るお役目に手を挙げたのは、一目、信繁の姿を見たかったからだったのか。昌幸のあけすけな言葉で、ずっともやもやとはっきりしなかったものが固まりになって、胸に落ちてきた、

「……」

おもうは後ずさりしながら勝手口から外に出て、姿を消した。

「……もう、よかろう」

才蔵の声がして、黒丸は起き上がった。脇腹に刺さった矢は、矢じりが落としてあり、殺傷能力は極めて低い。浅手は負ったがすぐに抜けた。

「あいつは矢の名人だ。狙い通りに当てよった」

「かたじけない」

「手練れの忍びを一人葬ることができれば、りっぱな手柄じゃ。それにしても、浅黄の婆から、おぬしのつなぎを聞いた時は驚いたぞ。『わしを殺してくれ』とは」

「このあたりの忍びのことは、浅黄の婆に聞けば、なんでもわかると聞いていた。その通りじゃった」

「確かに。昔から誰もあの婆には逆らえぬ」

いつも明け方は信濃国分寺に、夕暮れには生島足島神社に姿を現す婆については、忍びの頭領の妻だったとか、過去の領主の側室だったとか、中にはこの地の太陽と大地を象徴する陽ノ宮碧の使いだという者もいる。

才蔵は、猿飛佐助、穴山小助、筧十蔵ら十人の遣い手が浅黄の婆によって信濃国分寺に招集された夏の朝のことを思い出す。昇り始めた朝日が、後の世にレイラインと呼ばれる一本の金の光の帯となって、十人を照らした。それまでバラバラに動いていた男たちは、この瞬間、結束した。彼らは「真田十勇士」として、後の大坂の陣で信繁の戦を支え続けることになる。

「婆に会うことがあれば、礼を言ってくれるか」

黒丸の声に我に返った才蔵は、「承知」と言いながら、胸にあった疑念を口にした。

「こうまでしてなぜ、里を抜ける。里抜けはきつい法度のはず」

重要な情報を敵方に売る危険がある里抜けの忍びは、かつての仲間に追われる身となり、見つかれば命はない。才蔵は黒丸には何か目的があると感じていた。自分が死んだことにしたのも、己を守るためというより、黙って抜けて、鬼丸たちの士気が下がることを避けるためと見ていた。

「……これから、どうする」

「墓守じゃ。わしの命はそう長うない。それまでに少しでも墓を作りたい」

「……伊賀か」

天正九年（西暦一五八一年）の伊賀の乱は、凄惨を極めた。織田信雄率いる五万の兵により、伊賀の民は、男も女子供も老人もなで斬りにされ、里を焼き尽くされた。死者は三万にも及んだという。黒丸は目の前で自分をかばった両親を殺され、必死に山に逃れたのである。

「わしは死ぬが、鬼丸は生き残った。あれは強うなるぞ」

「面白い。じゃが、わしはお前とも一度戦ってみたい。この先の信濃国分寺にはありがたい薬師瑠璃光如来がおわす。病を癒し、大戦に備えよ」

黒丸は、うなづいたように見えたが、何も応えず、脇腹を抑えながら、乾いた道を去って行った。

翌年、毛利輝元を大将に石田三成が率いた西軍と徳川の東軍が関ヶ原で激突。真田は昌幸と信繁が西軍として上田城で徳川秀忠の大軍を引き留め、信幸は東軍として戦った。どちらの勢力からも人質として狙われた昌幸の正室を密かに匿ったのは、大谷刑部だった。

戦場では、たくましく働く鬼丸がいた。

黒丸の姿があったかは、定かでない。

STORY 3

春休みは忙しい

レイラインって知ってる？　知らないか。まあ、それも無理はない。僕もついこの間、知ったばかりだから。

英語で書くと〝ｌｅｙ　ｌｉｎｅ〟。「夏至や冬至の太陽が照らす光線に沿って、遺跡や神社仏閣などの文化財が直線的に並ばれること」らしい。一〇〇年ほど前にイギリスの考古学者が提唱した言葉で、日本にもいくつものレイラインがあるんだとか――。

これから話すのは、そんな日本のレイラインにまつわる話だ。

あれは中学校の卒業式が終わった頃。周りの友達は、受験から解放されて浮かれ気分だった。でも、僕には一つ心配事があった。先週のことだ。スマホを見ていた父さんが「マジかよ!?」と叫ぶと、すぐさま自分の部屋に駆け込んだ。中からは、ひそひそと声が聞こえる。「ああ、ヤバイな～」、「…アオイ」、「じゃあ、二十七日」、「あの店で」。

どうやら二十七日に誰かと会うようだ。とすると…「アオイ」は電話の相手で、「あの店」は待ち合わせ場所に違いない。

翌日、父さんが「来週末、旅行に行ってくる」と僕に告げた。来週の土曜は二十七日。やっぱり、そうだ。旅行の理由は「同窓会みたいなものだ」と言っていたけれど、僕は怪しんだ。そもそも父さんは出不精で、仕事以外は近所の馴染みの飲み屋さんくらいしか行かない。遠出もしない。何より、忘年会や新年会といった大勢での集まりが嫌いだ。だからフリーランスで仕事をしているのだろう。

まさかウワキとか…。僕がまだ小さい頃に母さんを亡くして今は独身だから、彼女がいても全然構わない。ただ、息子としてはやっぱり気になる。電話の相手と思われる「アオイ」という名前も女の人を連想させた。そういえば「ヤバイ」とも言っていた。ひょっとして何かトラブルでも抱えているとか…?

二〇二一年三月二十七日の土曜日。出発する日がやってきた。僕は父さんを尾行することに決めた。行き先は東京駅から北陸新幹線で一時間半ほど。軽井沢の先にある、父さんが青春時代を過ごした街だ。祖父の転勤の都合で、高校の三年間を、そこで暮らしたと聞いている。

幸い祖父…じいちゃんからもらった高校の入学祝いがある。ホテルに提出しなきゃいけない保護者の同意書も任せた。「一人で卒業旅行に行く」と言ったら大そう喜んだ。「父さんには内緒にして」と念を押す。「適当に言っておく」じいちゃんはそう言ってガハハと笑った。子どもの頃から内向的だった孫の成長を見てうれしそうだった。

父さんの宿泊先は、駅の「温泉口」から徒歩一分のビジネスホテル。駅のこちら側には、ここしかない。リスキーだけど、僕もそこに泊まることにした。父さんからは「お前の考えはおもしろいけど勘に頼りすぎだ」とよく言われる。エレベーターでばったり…なんてことがないよう、何事にも注意しなきゃいけない。

新幹線も父さんと同じ車両を予約した。東京駅で鉢合せする可能性もある。次の上野駅で乗車する。父さんの指定席は三列目のA。ニット帽を目深にかぶり少し後方の窓際の席に座る。ターゲットの動きを確認できて、なおかつ安全な席として選んだ。ここまでは完璧。大好きなスパイ映画の主人公になった気分だ。チャチャチャチャ、チャチャチャチャチャッ…おなじみの五拍子のテーマ曲が頭に流れてくる。

情報は父さんのスマホから入手できた。暗証番号は何度か見て覚えていた。

〈八三〇六二二〉――。

父さんが使っている暗証番号やメールアドレスは、おじさんらしく生年月日の組み合わせが多かった。でもスマホに関しては、それではない。何かの語呂合わせでもなさそうだ。自然と覚えたこの六桁も怪しく思えてきた。

目的地の駅に到着すると、父さんはホテルとは反対側の「お城口」に出て、目の前を通る広い道を真っすぐに進んだ。五分ほど歩いて交差点の角を左に曲がる。すると急に足を止めた。セ〜フ！　危ない。見つかるところだった。

スマホで調べたら喫茶店のようだ。一九六〇年代の創業。父さんが通った思い出の店かもしれない。しばらく店の外観を眺めて、慣れた様子でドアを開けた。窓にかかるレースのカーテンの隙間から後ろ姿が見えた。赤い服を着た先客が手を上げる。何年か前、日曜に父さんが見ていた時代劇で、主人公の父親役だったイケメン俳優に少し似ている気がした。相手が女の人ではなかったことにホッとする。

二人はしばらく談笑していた。店内には父さんとイケメン、カウンター席で新聞を広げるおじいさんのみ。中で会話の内容を聞きたかったけれど、ハードルが高い。ひとまずは向かいのコンビニの駐車場で店を見張ることにする。スマホを取り出して店内の写真、メニューなど喫茶店について調べた。

気づくと何人か店に入っていくのが見えた。今ならいけるか——。変装用のニット帽と伊達メガネ。少しでも背が高く見えるようワークブーツも履いてきた。

ドアを開けて人差し指を上げると、歴史を感じさせるマスターが「一名様。お好きな席

へどうぞ」と言った。父さんと背中合わせになる席が空いていたので、気配を消して素早く座る。イケメンと一瞬だけ、目が合ったような気がした。ついたてを隔てた後ろの席で「おかわり二つ」と声が聞こえた。

考えたら喫茶店に入るのは初めてだった。勝手がよくわからない。子どもだとバレると追い出されるかもしれない。これぞ純喫茶というメニューを頼んで、いかにもSNS映えするレトロ喫茶が好きそうな大学生風を装うことにしよう。

店内にはクラシック音楽とテレビの音が流れている。背中合わせの席に座れたことで、途切れ途切れに単語が聞こえた。

「いや、まさか」、「また忍び込む?」、「ハッカク」、「ゾウが」、「例のもの」、「持ち出せるか、だな」…。

飲んでいたクリームソーダを吹き出しそうになる。えっ、「忍び込む」って泥棒とかそういう相談!? 持ち出す? 例のもの…。「ハッカク」って何か発覚するってこと? 中華のスパイス…じゃないもんね? 「ゾウ」は…ま、とにかく、よからぬ相談のようだ。前に父さんが電話で言っていた「ヤバイな〜」という声も頭をよぎる。なんだ、フリンしてくれてた方がまだましじゃん!

イラスト/ぬくいしげお

「お会計を」後ろの席で父さんの声がした。二人で伝票を取り合いながらレジに向かう。おじさんがよくやる光景だ。じゃらじゃらと小銭を数えている。これもおじさんだな～と思う。ネットにも「電子マネーは不可」と書いてあるんだから、事前にお金を準備しておいてほしいぞ。

不安な気持ちと妙な恥ずかしさが入り混じる。食べかけのチーズトーストを口に押し込むと、二人が店を出るのを確認して支払いを済ませた。会計はぴったり千円。レジでもたつかないよう、計算してメニューを注文した。

店を出ると、交差点の角で二人が別れるところだった。「じゃ、また」父さんは来た道を戻り、イケメンは市役所方向に向かった。どちらを尾行するか迷ったが、イケメンの後を追うことにする。父さんのスマホにはＧＰＳアプリを仕込んでおいた。いつでも足取りを追える。スマホは持っているものの、ニュース記事を読むか買い物をするくらいしか使わない父さんのことだ。気づかれる可能性はまずない。

イケメンが着ている赤いパーカーを目印に尾行を始める。何者なのか知りたい気持ちがあった。見通しのいい一本道なだけに、十分な距離をとる。気づかれては元も子もない。しかし、その慎重さが裏目にでた。城跡を目の前にしたT字路で、イケメンが点滅する青信号を走って渡ったのだ。しまった、まかれたか!?

横断歩道まで駆け付ける。渡った先、右手にある城跡内へ続くと思われる橋に赤いパーカーが吸い込まれた。信号が青に変わり、急いで橋に向かう。二の丸橋と書かれた古い橋の入口で遠くに赤い背中がチラリと見えた気がする。ダッシュで追いかける。クソッ、足が重い。スニーカーで来るんだった…と、その時だった。ドスンと激しい衝撃が僕を襲った。走ってきた誰かとぶつかって転倒してしまう。頭を打ったが、ニット帽と着替えの詰まったリュックがクッションになってくれた。チェックイン前で助かった。

見れば、少し離れたところに少年が「イタタタ…」と言って、うずくまっていた。赤いジャージーを着ている。さっき見えたのは、この赤だったのか…。申し訳ないなと思った。駆け寄って少年にあやまる。悪いのは急に飛び出してきた僕の方なのに、彼は「こっちこそ、ごめんね」と頭を下げた。

何かおわびがしたかった。その先の駐車場で見つけた自販機で飲み物を買う。喉が渇いた。ふと目の前の看板を見ると、戦国武将の絵が描かれている。「真田」――。

そうか。ここが父さんがよく見ていた時代劇ゆかりの城跡あることを初めて知った。かつて不落の名城と謳われた城が、ここにあったそうだ。

近くのベンチに座って話をすると、アキラと名乗る少年は僕と同じ年で、この春から高校生だと教えてくれた。部活は陸上部。この城跡のある公園は、人気のランニングコースらしい。

「僕はノブシゲ。十五歳。同学年だね」僕もたどたどしく自己紹介する。

陸上部の彼にはアルカリイオン飲料を「おわびの印に」と渡した。僕はエナジードリンクをチョイスした。慣れない一日でエネルギーを消費していたからだ。

少し落ち着いてアキラくんを見ると、キレイな横顔をしていた。どこか異国の雰囲気を漂わせている。地元ではモテるんだろうな…あ、そうだ！

「ちょっと教えてくれるかな？」たった今会ったばかりの彼に尋ねた。内気で人見知りな僕にしては珍しい行動だった。一気飲みしたエナジードリンクの効果が出たのかもしれない。

「いきなりでなんだけど、ハッカクって聞いて、地元で思い当たるもの、何かある？」

「ああ〜、それって、もしかしてこれじゃないかな？」アキラくんが親切にもスマホで画像を検索すると、写真を見せてくれた。

「温泉のそばにお寺があって、その上に八角形の塔が建っているんだけど」

自分でも検索する。すぐに候補が出てきた。国宝八角三重塔。そこに安置されている大日如来像が一般公開されると地元新聞のウェブサイトに載っている。それも明日一日限定。学術的調査以外で一般公開されるのは史上初めてとのこと。何でもレイラインと呼ばれる直線上に文化財が並んでいて、八角三重塔もその一つのようだ。ほかにも、いくつかのお寺や神社などの名前が出てくる。イギリスにある有名な巨石遺跡ストーンヘンジみたいなものかと理解した。

「ハッカク」とは、この八角三重塔の「八角」。喫茶店で聞いた「ゾウが」は「像が」とも考えられる。ここで間違いないと直感した。


翌二十八日の早朝、父さんが動き出した。スマホのGPSを見ると駅に向かっている。八角三重塔に行くためにはローカル線に乗るつもりに違いない。温泉の名前が付いた終着駅が目的地だ。大日如来像の公開前に、塔に忍び込んで何かとんでもないことをやらかすのかもしれない。

拝観は午前九時半から始まる。身支度をしながら、頭の中を整理する。「また」ということは、一度は忍び込んだということになるな。じゃあ父さんが高校生の時か。イケメンは同級生の可能性が高い。前は、なぜ忍び込んだ？　それがどうして再び？　大日如来像の公開と何か関係があるのか…。

スパイ映画のように天井から吊るされて仏様を盗むなんて思えないが、父さんとイケメンが何かしらの理由で不法侵入しようとしていることは、ほぼ違いない。ましてや国宝だ。見つかったら捕まることもあり得る。何とかしなきゃ！

「急いでください」ドアに滑り込みながら運転席に行き先に向かってを告げる。父さんが乗った電車は、たぶん六時台の始発。次の電車まで三十分以上も待たなければならなかったから、ホテル前に止まるタクシーに滑り込んだ。入学祝いがある。多少のお金は大丈夫だ。目指すは八角三重塔があるローカル線の終着駅。地元の運転手さんによれば、駅までは電車で三十分。車で二十分。少し遅れるか、同じくらいの時間に着けるはずだと言った。

それでも電車よりかは早く着きたい。「すみません、祖父が危篤なんです！」と僕は叫んだ。じいちゃん、ごめ～んと心の中であやまりながら――。

「アハハハハ！　バカだな～。お前、それでここまで来たの？」

「いや、だって…」

長野県上田市。新幹線が止まるJR上田駅から直結するローカル線別所線。終着駅の別所温泉駅にある共同浴場の岩風呂で、父さんがむせびながら笑っていた。隣では、あのイケメンと…昨日出会ったアキラくんがニコニコとほほ笑んでいる。

順を追って説明するとこうだ。イケメン…ヒノミヤアオイさんと父さんは高校時代の同級生。性格も何もかもが正反対。でも、すぐに意気投合して親友になった。おじさんになった同級生二人は、この日わけあって、大日如来像を一番乗りで見たかった。

で、朝イチにヒノミヤさんが、僕らが泊まったホテルのそばで父さんをピックアップ。車で八角三重塔のある安楽寺までやって来た。そこに、あわてふためいた僕がタクシーで現れて鉢合わせした…というわけだ。

車内では祖父の容体を心配してくれる優しい運転手さんに付き合って、GPSを見る暇がなかった。駅構内でGPSが反応していたのは、父さんが「コーヒーを買いにコンビニに寄った」から。アキラくんは、拝観の機会はこれが最後かもしれないからと、連れて来たのだそう。

「そういえば、ノブシゲくん、あの喫茶店にいたよね？」

「えっ、そうなの？」驚いた顔で父さんが振り向く。

あんなに変装して、気配も消していたつもりなのにヒノミヤさんにはバレていたのか。

「一瞬、目が合っただけなのによくわかりましたね」

「いやね、高校時代のマサユキに似てるな〜と思って。コイツも昔は黒縁メガネをかけていたから余計に。そうしたら店を出て後ろを着いてくるじゃない？」

ヒノミヤさんが言う「マサユキ」とは父さんの名前だ。

「ヒノミヤさんは、そこから城跡に向かいましたよね」

「練習終わりのアキラを迎えに行ったんだよ」

肩まで湯に浸かったアキラくんが「うん」とうなずく。

「あと横断歩道、どうしてあんな走ったんですか？　まるで僕をまくみたいに……」

「あ〜、あれは喫茶店で…あの店は僕ら二人の行きつけだったんだけど、懐かしのウィンナコーヒーをついつい飲みすぎちゃって。トイレに行きたくなったんだよね」申し訳なさそうにヒノミヤさんがあやまる。

「じゃあ、喫茶店で二人が言ってた、怪しいワードは？」立て続けに質問した。

「細かくは覚えてないけど、〝まさか〟八角〝三重塔の大日如来〝像が〟公開されるとは…そんなところじゃないか。お前の推理は大体当たってるよ」と父さん。

「じゃ、じゃあ、〝また忍び込む？〟と〝持ち出す〟は？　家で話してた〝ヤバイな～〟っていうのは何？」

「ああ、それはね、とっくに時効だと思うけど…」

ヒノミヤさんが言うには、安楽寺の境内に忍び込んだのは高校生の時らしい。

「あれは君ら二人くらい。高校一年生の時か。マサユキと僕は写真部だったんだけど、その年の夏至の日に、どうしても朝日に照らされる八角三重塔を撮りたくて、朝方こっそり入ったんだ」

夏至や冬至の太陽が照らす光線の延長線上に、遺跡や神社仏閣などが一直線に並ぶ——。地元新聞のウェブサイトに載っていた、あの話だ。ヒノミヤさんが言うには、ほかにも夏至や冬至の日に鳥居の真ん中から日が上り下りする生島足島神社だとか、レイライン上にはたくさんの神社やお寺があるとのこと。

「一九八三年六月二二日。八三〇六二二ってスマホの暗証番号が、まさにその日ね。それから一十年ごとに夏至の日に会って写真を撮ろうって決めたから、忘れないようにそうしてたわけ。お前が言う通り、ほかは全部生年月日だけど、いつも使うパソコンとスマホだけはこの番号だ」

「今回はイレギュラーなことがあって、二年前倒しの同窓会になったけどね」

三十八年前の夏至の日、首尾よく写真は撮れた。その後、二人はあるものを八角三重塔の中に残した。ヒノミヤさんが話を続ける。

「お互いが撮った好きな女の子の写真を、大日如来像が安置されている一階の隙間から投げ入れたんだ。今まで中が公開されたことがないって聞いてたから大丈夫だろうって」

何というか、スパイ映画が急に青春ドラマになった。ていうか、昭和だな〜。

「だって、大日如来像は万物の慈母で宇宙の真理って言われてるんだぞ。ご利益がありそうだろ？　ましてやレイラインの上にあるわけだから」少し照れながら父さんが言う。

「レイライン…当時はそんな呼び方をするってしらなかったけど、とにかくキレイだったよ。何かロマンチックでしょ？」ヒノミヤさんが付け足した。アキラくんも横で興味深そうに聞いている。

「持ち出す」って、写真のことだったのか。「例のもの」なんて、まどろっこしいこと言うから…。

「初の一般公開。ニュースを見てびっくりしたよ～。きっとマスコミもたくさん来るじゃない？ 写真が見つかったら、きっと何かしらのネタにされる。〝三十八年ぶりの奇跡の再会！〟とか何とか」

二〇一九年十月の台風で被災した別所線が本日一年半ぶりに全線開通した。それを記念して、三月二十八日の今日、安楽寺八角三重塔の大日如来像と同じくレイライン上にある信濃国分寺三重塔の内部が公開された。

「またさ、ご丁寧に二人とも写真の裏にラブレターまで書いたもんだから、これはヤバイぞって。で、朝イチに行って、それとな～く持ち出せないものかなと」

めっちゃ恥ずかしい！ 是が非でも回収したい気持ちはわからなくもない。

「ま、ノブシゲくんもアキラも確認したように写真はなかったけどね」

「考えたら一般公開は初ってことだったけど、三十八年の間に調査や補修、あと清掃……いろんな人たちが出入りしてるはず。どこかのタイミングでなくなっちゃったのかもな……」

ヒノミヤさんも父さんもちょっぴり残念そうだ。

「でも、なかったってことは、ご利益があったからかもしれないよ。結果はどうだったの？」アキラくんが聞いた。

「いや、それがさあ…」、「なっ?」おじさん二人が急に高校生の顔に戻る。

「あったんだよ〜、アキラの言う通り」

「じゃ、のぼせるから続きはあとでな」

二人は、そう言って先に湯船から出ていった。妙にキラキラと輝いて見えたのは、温泉の効き目だけではない気がした。

言い忘れたけれど、ヒノミヤさんは現在、地元長野県上田市を中心に活躍する有名な風景写真家。父さんも東京でなんやかんやと撮っている。本人いわく「〝そこそこ〟有名な」カメラマンだ。高校時代から、お互いに切磋琢磨してきたらしい。脱衣場では、まだ二人でワイワイやっていた。

「親友っていいね」イケメン俳優似のお父さんとそっくりな顔をしたアキラくんが笑っている。

その後アキラくんと僕は連絡先を交換した。気になるご利益の詳しい話は、まだ教えてもらっていない。本来父さんとヒノミヤさんが会うはずだった二〇二三年の、夏至の日までのお楽しみだそうだ。

僕の勘違いだらけの春休みがもうすぐ終わる。

STORY 4

想い出がいっぱい

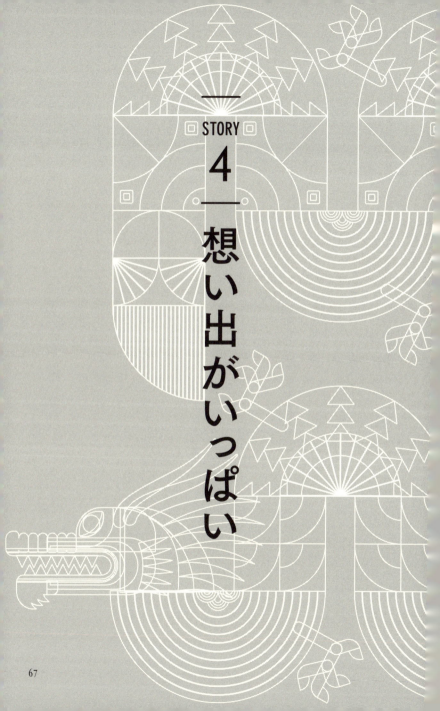

卓上のスマホがブーンと震えた。「また母さんだ」とつぶやいて、小さく舌打ちをする。

「あ、母から。ちょっと電話してくる」

シュウイチが足早に店を出る。朝から五回目の電話だった。ため息をつきながら、スマホの着信履歴にズラリと並ぶ母親の名前を押した。

「うん…。さっきも言ったけど、晩ごはんは大丈夫。食べて帰る。お風呂も自分のいいタイミングで入るよ」

頭上を山手線と京浜東北線が同時に通過する。母の返事はよく聞こえなかったが、「ハイハイ、またあとでね」と言って電話を切り上げた。

やれやれ。このやり取りも何回めだ…。まだ電車の音が鳴り響いている。シュウイチは一人ごちた。

二〇二三年十二月の土曜日。東京、最後の日。有楽町駅からほど近い「せんべろ」と呼ばれる高架下の居酒屋で、昼間から飲んでいた。

「いや〜、まいっちゃうね。二時間前も、ごはんはいらないって言ったのに。しかも、今ので今日、五回目の電話だよ？　さすがに笑っちゃうよ」

席に戻って飲み仲間のニシカワくんに報告する。無理やり笑顔を作ったからか、頬がひきつっているのが自分でもわかった。

「ウチも似たようなもんっスよ〜。電話すると全然かみ合わないし。姉貴が近くに住んでるからいいけど、ちょっと心配になりますもん」

シュウイチよりひと回り年下の彼がそう言って笑って言った。今日で田舎に引っ込んで母親と暮らす中年おやじの不安を察したのだろうか。つとめて明るく振る舞っているようにも見える。

「親からすれば、いくつになっても子どもですからね。…ま、俺、子どももいないからわかんないっスけど。アハハハハ！」

真面目なんだか適当なんだかわからない。そこが彼のいいところだ。「コレ行ってきます」と、右手の人差し指と中指で煙草を意味するVサインを作りながらニシカワくんが喫煙所に向かった。

ふと見ると、腕時計の針が十八時を指していた。シュウイチは予定より一本早い新幹線に乗ることにする。保守的で世間体ばかり気にする母のことは苦手だったが、何だかんだで気がかりだった。朝の電話で「最近は九時過ぎには寝る」と言っていたから、二十一時前には家に着きたい。

「そろそろ行くね」

まだ「行く」と言ったことに、東京生活の長さを感じるなと思った。今日からは「帰る」だ。東京駅十九時〇四分発の「はくたか」に乗ることにしてニシカワくんに別れを告げた。

「はくたか」が大宮を出発した辺りから、急に建物が低くなる。熊谷に着くころには田畑が目立ち始める。遠くに連なる山々を見て、故郷に帰るんだな…と実感が湧いてくる。軽井沢を過ぎると、暗がりの中に浅間山の輪郭が薄っすらと見えてきた。あれ、あんなに小さかったたっけ?

考えたら、上京後に帰省したのは数えるほどしかない。記憶が曖昧なのも無理はないか。

「まるで観光客だな」シュウイチが声にする。

一九九七年に高崎—長野間で新幹線が開通する前は、上野駅から特急「あさま」か「白山」に乗って三時間ほど掛かっていた。二十代、三十代は仕事が忙しかったこともあって、故郷から自然と足が遠のいた。両親との折り合いもいいとは言えなかった。実家に泊まることが苦痛だった。帰省するのは五年ぶり。父が亡くなって以来のことだ。今回は長い帰省になると思うが…。記憶を辿りながら、東京駅で買ったコーヒーを飲み干す。

車窓に映る風景を眺めながら、シュウイチは昔を思い出していた。


シュウイチが生まれ育ったのは、真田氏ゆかりの地として有名な長野県の上田市。教育熱心な両親のもと習い事に精を出し、小学生までは優秀な生徒で通っていた。中学生になると少し成績は落ちたが、部活のサッカーに打ち込んだ。自分で言うのも何だが、モテなくもなかった。

風向きが変わったのは、卒業を迎える頃。第一志望の高校に落ちてからだ。

長野は全国的に知られる教育県。幕末期に日本一の数の寺子屋を構え、明治時代には県内のあちこちに旧制中学校が開校。元号が令和となった現代でも博物館や美術館の数が全国一位、図書館も日本屈指の数を誇っている。

父親は役所に勤務し、母親は看護師。両親ともシュウイチが第一志望としていた進学校の卒業生だった。昭和一桁生まれの父は一言「情けない」。母は「明日どんな顔をして出勤すればいいの」と言った。今の親であればもう少しオブラートに包むか、前向きな言葉をかけるのだろうが、昭和の時代はそんなものだった。

同じ高校を受験した友達には「熱が出てたからね」などど、受験直前に風邪をひいたことを言い訳にしたが、偏差値的には合格ギリギリのライン。たとえ合格したとしても、高校での成績は下から数えた方が早かったはずだ。

入学してからの一年は暗黒だった。これまで勉強もスポーツもそこそこできていたこともあってプライドが邪魔をした。「俺はお前らとは違う」と自ら壁を作った。部活にも入らず、友達らしい友達はできなかった。翌年、一つ年下の弟が両親の通った高校に合格してからは、家でも居場所を失った。

唯一の楽しみは深夜ラジオだった。今で言う「はがき職人」として、毎週せっせと投稿していた。フォークシンガー二人がひたすらバカ話をする番組で、一度だけネタを採用されたこともある。こんなに熱中したのは初めてのことだった。

ベッドに寝たまま電気が消せるよう延長した照明の紐をカチャっと引っ張る。小遣いを貯めて買った赤いポータブルラジカセにイヤホンを差す。音響メーカーのものではない、家電メーカーの製品だった。ヘッドホンを買うほど小遣いに余裕がなかったから、父の机の引き出しにあったベージュ色をしたモノラルイヤホンを拝借した。

頭まですっぽりと布団をかぶって、灯りが漏れないように注意を払う。まるで戦時中だなとシュウイチは思う。たまに、父が自分の部屋の前にあるトイレに入るから油断はできない。やる気の出ない高校生活。成績も芳しくない。夜な夜なラジオを聴いていることが知れたら、ラジカセは即没収されるだろう。

ネタが採用されたフォークシンガー二人の番組が終わると、次はこれだ。お目当ての番組のスタートを待つ、この時間が至福の時だった。

さあ、深夜一時。時報とともに、軽快なサンバがオープニングで流れ始める。体育会系出身のお笑いタレント、毒舌の漫才師。パーソナリティのトークに、声を殺して静かに笑う。今でも口元を抑えて「クククク…」と笑うため、行きつけの居酒屋では「キモい」だの何だのとイジられるが、この当時染みついた習性なんだと思う。ニシカワくんともその居酒屋で知り合った。早いもので二十年来の付き合いになる。

高校二年になってしばらく経った頃、クラスの女子から呼び止められた。入学以来、初めてのことだった。シュウイチは下駄箱の前で室内履きのサンダルから踵に星のマークが入ったバスケットシューズに履き替えていた。

確か…名前はヒノミヤアオイとか言った。ポニーテールが風にゆれている。彼女もまた教室で、一人でいることが多かった。凛としていて、どこか近づき難い雰囲気があった。

「ちょっといい？　昨日のリクエストカード、君だよね？」

急に話しかけられたこともあるが、何より「カード」という言葉に驚いた。なぜ、あのはがきを書いたのが自分だとわかったのだろう？

「えっ、ど、どうして？」

「だって下敷きに写真を入れてたし」

シュウイチは、その当時流行った透明のクリアファイルのような下敷きに雑誌の切り抜きを入れていた。一枚はラジオで知ったイギリスのロックバンドだ。もう一枚はラジオ番組のＤＪをやっているミュージシャン。ＤＪの彼は、リクエストはがきのことを「カード」と呼んでいた。彼女の席は、教室の窓際の席に座る自分の斜め後ろ。何かの拍子に下敷きが見えたに違いない。

「そ、そうだけど…」女子と話すのは一年ぶりだ…。緊張で言葉が続かない。

「だよね。あと、あのラジオネーム…。外を眺めていつも一人で音楽を聴いてるし、昨日『長野の朝晩はまだ肌寒いです。このホットなナンバーをお願いします』って読まれてたし。それでピンときた」

はがきの文面を復唱されて恥ずかしかったが、それ以上にうれしくもあった。

一九八〇年代の中盤。ラジオの情報誌が隆盛を誇っていた。エアチェックする番組に蛍光ペンで印をつける作業もシュウイチは楽しみだった。録音しては、鮮やかな色彩のイラストが描かれた付録のカセットレーベルに、レタリングシートで日付と番組名を入れた。同じイラストレーターが描いたポスターも壁に貼った。その絵を真似てプラスチック製のブラインドも取り付けた。スチール製は高くて手が出なかったのだ。畳敷きの六畳間が急におしゃれになった…ような気がした。

深夜番組のほかに、音楽番組にも夢中になった。とりわけ、月曜日から金曜日の帯。二十三時から始まるFMの番組は、録音して繰り返し聴いた。ヒノミヤが言うように教室でも聴いていた。一番のお目当ては月曜のDJ。ミュージシャンの彼が歌う曲の歌詞からは都会を感じた。たぶん、この頃からだ。シュウイチが「将来は東京に行きたい」と強く思うようになったのは。

そんなある日、番組で流れたイギリスのロックバンドの曲に衝撃を受けた。無骨なアメリカのバンドにはない繊細なギターサウンド。イントロのリフにシビれた。DJの彼が「うーん、このかわいい人って感じかな」と意訳した曲名とバンド名をすぐにメモした。

翌日には駅前にある本屋で海外ロックの専門誌を買った。LP盤…今で言うCDのアルバムも雑誌に載っている東京のレコード店の通販で何とか手に入れた。他のイギリスのバンドも好きになった。

もれなく、この音楽番組にも投稿するようになった。毎月のように「カード」を送った。

「リクエストは、長野県、〝窓際で一人〟から。ちょっとメランコリックだけれど、いいネーミングだね」昨日の晩、大好きなDJからはがきを読み上げられてシュウイチは有頂天になった。例の、イギリスのバンドの曲をリクエストした。

「私も大好きなんだ、あの曲」ヒノミヤが言う。

「ね、いいよね!」靴紐を結び終え立ち上がったシュウイチが前のめりになる。

よく見れば「ぶりっ子」と言われた女性アイドルと人気を二分する〝不良少女〟によく似ている。ポニーテールがよく似合う。クラスでは目立つ存在ではないが、大人びた美人だと思った。

上田駅まで一緒に帰ることにする。初めて言葉を交わしたその日、彼女は真っ赤なトレーナーを着ていたことを、シュウイチは今でも覚えている。

長野のほとんどの高校には制服がない。地元の高校を出た、今の自分と同じ年くらいの中学の担任から「一九六〇年代後半の学生運動がきっかけで、制服の自由化が始まった」と聞かされたことがある。

そういえば、ヒノミヤは赤い服ばかり着ていた。後日彼女に聞くと「赤が好きだから。それ以外に理由はない」と答えた。彼女の答えはいつも簡潔だった。

一方のシュウイチは煮え切らない性格で、黒ぶちの眼鏡をかけていた。「牛乳瓶の底」と例えられたぶ厚いレンズの眼鏡だった。眼鏡をからかう陰口も聞こえてきたが、大好きなバンドのボーカルも、そのバンドを紹介してくれたDJも大きな眼鏡をかけていたからまんざらでもなかった。「君らにはこのよさがわかるまい」などと心の中で思っていた。

ファッションのお手本もその二人だった。ボタンダウンのシャツや千鳥格子のジャケット。似たような服を商店街で探したものだ。賑わった海野町商店街は、今頃どうなっているだろう…。帰ったら、ちょっと行ってみたい気がする。

高校生活が急に明るいものになった。あの番組のリスナーで、なおかつシュウイチが好きなバンドの大ファン。それもかなりの音楽通。しかも、女子が！　今のご時世にそんな言い方をしたら叱られそうだが。

当時音楽を聴いている女子のほとんどがアイドルの曲か、バンドを知っていたとしても、テレビのベストテン番組に出ているグループくらいのものだった。男子でもパンクやヘヴィメタル好きが多かった。ヒノミヤは自分好みの音楽について一緒に話せる貴重な存在だった。

出会った翌日からは、教室でたまに会話をした。行き帰りの電車ではわざと席を空けて座った。変な噂を立てられると彼女が迷惑すると思ったからだ。その代わり、ダビングしたテープを、そっと教室で渡すことはあった。そのうち彼女も自分でセレクトしたテープをくれた。レーベルに記された曲名を見ると、音楽の趣味は幅広かった。

聞けば、ヒノミヤは週に何度か喫茶店でアルバイトをしていて、店内で流れるラジオから音楽に興味を持ったそうだ。洋楽が好きなマスターの影響もあるらしい。

バイトをしているだけに、コーヒーにも詳しかった。家でインスタントしか飲んだことがないシュウイチに正直味の違いはわからなかったが、足しげく店に通ううち、うまいか

そうじゃないかは判断できるようになってきた。

それからは喫茶店巡りも趣味に加わった。ヒノミヤがバイトする店で落ち合う。てきぱきと働く姿を見るのが好きだった。常連のおじさんを小粋な会話で盛り上げる様子も堂に入っていた。大人びた容姿も相まって、傍から見れば女子大生に映っただろう。

バイトが終わると別な喫茶店に移動することもあった。どこも古きよき昭和の時代の雰囲気が心地いい店ばかりだった。実際に時代はまだ昭和だったから、当たり前といえば当たり前だ。東京に出て気づいたが、上田はそうした喫茶店が昔から多かった。


しばらくすると、ヒノミヤとは映画も見るようになった。当時の上田に映画館は五館ほどあった。中でも花やしき通りにある「上田映画劇場」にはよく行った。上田を舞台にしたアニメ映画に登場した時は、故郷のことを忘れて久しかったシュウイチも懐かしく感じたものだ。

映画の趣味も合った。マフィアの栄枯盛衰を描いた映画で知られる監督の作品が好きだった。二人のフェバリットは、その監督が撮った青春映画の金字塔。中学時代に公開され、アニメ以外の映画で初めて感動した。シュウイチ自身、五十何年間かの人生で何度見たかわからない。ビデオデッキすら普及していなかった時代。映画館は、信濃の中都市から別世界へといざなってくれた。

帰りには決まって千曲川橋梁が見える堤防へと向かった。土手に腰掛けると、辺りが暗くなるまで音楽や映画の話をするのが楽しい時間だった。新しく買ったステレオイヤホンを片方ずつ耳に当てて、カセットテープを聴いた。

三年に進級した後もヒノミヤとの仲は続いた。二人が好きな上田城跡公園を毎週のように散歩した。夏には「七夕まつり」や「上田わっしょい」にも出かけた。とはいえ、手すら握っていないし、そもそも付き合ってもいない。呼び名も、お互いの苗字。でもシュウイチは、今のままで十分だと思っていた。

二十時半に「はくたか」が上田駅に到着する。吐いた息が白い。改札を出て、上田電鉄別所線に乗り換えなければならない。下りの下之郷・別所温泉行きは、二十時三十六分発だ。夕方の帰宅時間帯で一時間に二本。これに乗ることができれば、時間をつぶさなくていい。

上田では東京のように、五分おきに電車は来ない。改めて東京って便利な街だったんだな。車を買うまでのしばらくの間は、常に電車の時間を計算して動かなければいけないいな…と思う。

シュウイチの実家は、上田駅から四つめに当たる上田原駅にあった。直線で三キロメートル。車で七分、徒歩で四十分ほど。シュウイチが東京で暮らしていた世田谷区の三軒茶屋駅から渋谷駅と、ちょうど同じくらいの距離になる。

五十代になった今も渋谷で飲んで歩いて帰ることがたまにあった。耳元のイヤホンはワイヤレスに変わったが、渋谷から国道二百四十六号線を歩きながら聴く大好きな八十年代～九十年代の音楽は、酔った足取りを軽やかにしてくれた。すれ違う車のヘッドライトも気分を盛り上げる。それも退屈しない都会の街並みがあってこそなんだよな…と、東京の生活をすでに懐かしむ自分がいる。

渋谷から三軒茶屋方面に向かう二百四十六号線を、ずっと東京で暮らす人たちのように「ニーヨンロク」、三軒茶屋を「サンチャ」と呼び始めたのは、いつ頃のことだったろうか…。

上田に帰ることを決めたのは、半年ほど前のことだった。

実家の近くで暮らす弟から「九月の転勤で東京に行くことになった」と電話があった。系列会社への出向になるが、どうやら栄転のようだ。東京には大学に進学した甥っ子がいる。夫婦と息子の三人で暮らすという。

シュウイチは今から三年前、大学を出て三十年間ほど勤めた出版社を早期退職。その退職金をもとに、ずっとやりたかった陶器店を開こうとしたものの、コロナ禍によって実店舗の開店が難しくなり、ネットショップで販売を行っていた。陶器が好きになったのは、高校時代の喫茶店巡りの影響もあった。ヒノミヤがバイトする喫茶店のマスターが出す器はどれも味わい深いものだった。

母は高齢で最近は調子が悪いらしい。長野の大学を出て、地元に本社を置く精密機器メーカーに就職して以来ずっとそばで母を気にかけてきたのは弟だ。父の葬儀の際も、次男の彼が何から何まで切り盛りしてくれた。今度は自分の番だとシュウイチは決断した。三十歳で結婚して三年ほどでバツイチになってからはずっと独身で、身軽だったこともある。

「ネットショップはどこにいたって続けられるし、幸い僕はパートナーもいないからね、ハハハ」

ひと月前、家を引き払って上田に引っ込むことを伝えると、ニシカワくんが飲み仲間を集めて送別会を催してくれた。

「これが都落ちって言うんっスね〜」などとイジられたが、帰郷する当日も新幹線が出発するまでシュウイチの話に付き合ってくれた。その気持ちがありがたかった。

彼とは年齢こそ離れていたが、妙に馬が合った。出会って何年かした頃には、知り合うきっかけになった近所の居酒屋以外でも遊ぶようになった。

ほかの常連客とも仲よくなった。ここでは仕事の話をする人はいない。仕事の話をしないから知らない上司のグチも聞かなくていい。そもそも誰がどんな仕事をしているのか、何となくしかわからない。説教も昔話も自慢話もない。東京らしい適度な距離感が心地よかった。衛星放送の旅番組で知ったシュウイチお気に入りの居酒屋評論家が「居酒屋の〝居〟は居心地の〝居〟」と言っていたがまさにその通りだと思う。

自分が四十歳を過ぎた頃には、公共放送でやっている朝の連続ドラマの話題から、それまでニシカワくんとは語ることがなかった、お互いの家族の話もする仲になっていた。

ここ数週間の引っ越しの疲れもあって、結局は上田駅からタクシーに乗ることにした。

リュックを膝に抱えながら眺める窓の外は暗い。

出迎えてくれた母の一言めは「ご飯は？　お風呂が冷めるから入りなさい」だった。夕方の電話ではいら立っていたシュウイチも、その声を直接聞くと気持ちがほぐれた。久しぶりに会う母は思いのほか老けていたが、高校生のあの頃に戻ったような気がする。

風呂から上がる。東京ではシャワーばかりだったから湯船が気持ちよかった。洗面台横の洗濯機の上には、父が着ていた古いタオル地のパジャマが用意されていた。ズボンの裾が少し短かった。

長い一人暮らしの生活では味わえなかった温かな心遣いに感謝しながら、パリッと糊のきいた布団にくるまる。十八歳まで毎日のように見ていたはずの天井に慣れない。まだ二十三時少し前。東京の行きつけの居酒屋は、深夜一時過ぎまで営業していた。普段寝るのは二時くらいだった。

ネットショップは続けるとして、世間とのかかわりは持ちたいな。何かアルバイトでもやるか。五十歳を過ぎて、どんな仕事があるだろう？　仕事もそうだけど、ニシカワくんたちと知り合ったような飲み屋さんは見つかるだろうか？　そこで話が合う人はいるだろうか…シュウイチはこれからの生活のことをぼんやりと考えた。

疲れは感じるが、目がさえて眠れない。天井の木目のしわを数えながらふと思い出して、スマホに入れたラジオのアプリを立ち上げた。懐かしいサンバのリズムが流れてきた。

それと同時に「前途を祝して」行きつけだった店の大将からはなむけの言葉と泡が溢れそうなビールジョッキの写真がスマホに送られてきた。ジョッキの向こうには、いつもの面々がぼんやりと写っていた。

翌朝の十時頃、シュウイチは家を出た。八時半に目が覚めると、炊き立てのご飯に熱々の味噌汁、焼き魚、卵焼きというニッポンの朝ごはんが用意されていた。味噌はもちろん信州味噌だ。改めて、上田に帰ってきたことを実感する。母の状態はすこぶるよかった。ニシカワくんが言っていたように、世話の焼ける息子が帰ってきたから少し元気になったのかもしれない。

最寄りの駅となる上田原駅。久しぶりに立つホームは小さかった。少し世田谷線沿いの駅に似ているなと思った。世田谷線は三軒茶屋を起点とする、こじんまりとした路面電車だ。慣れれば案外、ここも東京も変わらないかもしれない…などと無理やり不安をかき消しながら十時三十分発の電車を待つ。昨晩はタクシーで帰宅したため、別所線に乗ってみたかった。

二両編成の電車が駅を出発してからほどなく、運転席の窓の先に赤い鉄橋が見えてくる。上田駅へ到着すると「温泉口」を出て、目の前の道を真っすぐ歩いた。堤防の向こうに千曲川が見える。途端、昔ヒノミヤと一緒に巡った喫茶店をはじめ、彼女との思い出があふれ出す。二人とも若かったから、とにかくよく食べてたな…。

百貨店「ほていや」の食堂で食べた天かすと青のりの焼きそば、「上田ＳＥＩＢＵ」で土曜日の午後二時から百円になるラーメン。ラーメンといえば、原町「ユニー」の「スガキヤラーメン」もうまかった。いわゆる本物とはちょっと違う形で提供されていた「イトーヨーカドー」のお好み焼きにも、ずいぶんお世話になったものだ。今はどこもなくなったと聞くが、すべてが懐かしい。

あの時、彼女が着ていたトレーナーと同じ色をした鉄橋を右手に眺めながら、シュウイチは思う。四十年前は、どの辺りに腰掛けてたっけ？　どんな話をしてたかな。あの時あやまっておけばよかった…。

ほとんどのクラスメイトは、大学受験に向けて大詰めを迎えていた。担任も「そろそろ本気で目の色を変えて…」などと言っていた。

ヒノミヤとの間に微妙な亀裂が入ったのは、そんな高校三年の師走のことだった。クラス中がソワソワと浮足立つ中、どこからか彼女の噂話が聞こえてきたのだ。

「聞いた？　どうやら一つ年上らしいよ」――。進路希望調査票に書かれたヒノミヤの生年月日を盗み見た誰かが、噂の発信源のようだった。そういえば、高校に上がるまでは学区外で暮らしていたという彼女の中学時代を知る者は、ほとんどいなかった。

「留年した」はまだましな方で、前に通っていた高校を素行不良で退学になった。教師と恋仲になって長期停学に…など、年上である理由はどれも聞くに堪えないものだった。ヒノミヤは率先してクラスの女子たちと交わろうとはしていなかったし、興味もなさそうだったから言われるがままでいた。

シュウイチは頭にきたが、ウワサを否定することができずにいた。ヒノミヤに直接聞くこともしなかった。お調子者の女子に「仲いいんだから聞いてみてよ～」とはやし立てられても、無視するのが精一杯だった。要は勇気がなかったのだ。だって別に付き合っているわけじゃないし…と自分をごまかした。

「だって風邪ひいて熱が出てたし」そう言って、高校受験の失敗を言い訳していた中学三年の頃と同じだった。

やがて冬休みに入った。通りかかった彼女のバイト先を窓越しに覗くと、変わらずそこにいたし、店に入れば話せたことだろう。でも、シュウイチは行動しなかった。冬休みが終わっても、話しかけることはおろか、目が合うと顔を伏せるありさまだった。教室では受験勉強に必死なフリをして、ヒノミヤのことを気にしないよう努めた。

一度だけ、ヒノミヤから話しかけられたことがある。初めて話をした下駄箱の前だった。

「しばらく私のこと避けてない？」

「いや…そんなことは」それ以上は何も言えなかった。

「あ、そ。もしかしてウワサのこと、気にしてる？」

「なんか、一つ年上だって…みんな言ってる、よね？」口元がこわばって、なかなかうまくしゃべれない。

「事実だよ」

「えっ、そ、そうなんだ。何で言ってくれなかったの？」

今度は彼女を問いただすような強い口調になって、シュウイチは自分でも驚いた。

「聞かれてないし。そもそも私は何とも思ってないし。なんでみんな気にするのかな、そんなどうでもいいことを」そっけなく彼女は言った。相変わらず簡潔な答えだった。

「ヒノミヤさん…」あ、しまった。年上であることを気にするあまり、思わず「さん」付けで呼んでしまった。いつもは「ヒノミヤ」呼びなのに。

彼女は少し寂しそうな顔をした。言葉を交わしたのはそれが最後になってしまった。


帰郷してしばらく。シュウイチは働き先を探しがてら、かつてヒノミヤがバイトしていた喫茶店を訪ねた。そこにはもう建物はなかった。周囲には空き地が目立つ。彼女と通ったいくつかの喫茶店も店を畳んでいた。四十年経っても元気に営業を続けている何軒かで休憩をする。ヒノミヤが紹介してくれた店のコーヒーは今もうまかった。

駅前のメイン通り。交差点の角にある「甲州屋」…ここはどちらかと言えばフルーツパーラーのイメージが強かったけれど、今も店内の様子は変わらなかった。ほかにも「亜羅珈琲」、「珈苑アド」、「コロナ喫茶店」、「綿良」、「珈琲木の実」…今もたくさん喫茶店があることは、これから暮らしていく上でうれしいことだと思った。当時はちょっと敷居が高かった店も、今の年齢にはどこもちょうどいい。

その足で向かった懐かしの「上田映画劇場」は「上田映劇」と名前を変えてリニューア

ルしていた。映画のロケ地として使用された際、四十年前の浅草をイメージして外観を変えたそうだ。

洋服を探した海野町商店街。そこから少し裏に入った飲食店街もまだまだ元気だ。マンションなど新しい建物も増えたが、「甲州屋」が入る商業ビルなど古い建物もたくさん残っている。あちこちで見かける丸いポストもこの街にはよく似合う。昔は、そんなことを思いもしなかった。

ラジオ情報誌や音楽専門誌を買いに行った本屋もまだそこにあった。さすがは教育県、全国的に書店の数が減っている今もしっかりと地元に根を張っている。そういえば、カフェも兼ねたブックストアだったり、新しい形式の本屋も増えた。

もう少し歩くと、江戸時代の景観を残す柳町界隈には造り酒屋や雑貨店、蕎麦屋などが軒を連ねている。十年ほど前に公共放送の時代劇で一躍名をはせた上田城。ドラマのオープニングに映し出された石垣を見上げるのも久しぶりだ。ヒノミヤと座った城跡公園のベンチもまだあった。

年を重ねたからこそ見えるものもあるんだなと思う。改めて駅界隈を歩いてみると、なかなか味わいのあるいい街じゃないか。

最近は「SNS映えする」と若い観光客が県外からも大勢訪れているらしい。観光協会も「ニュー・ウエダ」としてPRしていることを知った。響きがマンチェスター出身のロックバンドみたいだなと思って、変にニヤニヤしてしまったが。

帰りには、再び千曲川の土手に寄った。赤い鉄橋を眺めているうちに、成人式の出来事を思い出す。渋々と参加した式を終えて、同級生たちが旧交を温めていた時のことだ。聞くともなく、こんな話が耳に入ってきた。

ヒノミヤは、実は中学の頃に病気をして一年遅れで高校に入学したこと。わけあっておばあさんと二人暮らしをしていたため、アルバイトをして家計を助けていたこと。卒業後は県内の専門学校に進学したこと。もちろん、一つ年上であるから、彼女は成人式にはいなかった。

東京の居酒屋ではひと回りも年下の友達にイジられても平気なのに、どうしてあの時はたった一年の違いに狼狽したのか…。ヒノミヤが言った「そんなのどうでもいい」という気持ちが今はよくわかる。女性の方が心身ともに成長が早いと言われるが、五十歳もすぎてようやく追いついたのか…自分は本当に情けないヤツだ。川の向こう側に沈む夕陽を見ながら、もし叶うなら、ひと言「あの時はごめん」とあやまりたいと願った。

その日、帰宅して部屋を片づけていると一枚のＥＰ盤が出てきた。いわゆるシングルレコードというやつだ。上田市出身のフォークデュオが歌ってヒットしたテレビアニメの主題歌だった。高校時代にヒノミヤがくれた。もらった時は、あの洋楽好きの彼女が珍しいなと思ったが、「二枚買ったんだ。応援したくて」と彼女は言った。

「東京の大学に行く」とシュウイチが告げると「私は将来もここで働きたい」と答えたヒノミヤの真剣な顔を思い出す。彼女は上田の街が好きだった。

スマホで検索すると、この曲は一九八三年のリリース。そういえば「歌詞を聴いて励まされた」とも言っていたな。もしかして、病気で療養している最中に聴いていたのかもしれない。今頃どこで何をしているのだろう？　歌詞にある通り、大人になったヒノミヤも少女だったことを懐かしく思い出していたりするだろうか。そう思うと、シュウイチはわけもなく泣けてきた。

クリスマスも目前。帰郷して以来、比較的元気だった母の状態が、この頃は思わしくなかった。東京にいる弟とも相談して、検査のため入院させることが決まった。自宅からほど近い、生島足島神社のそばにある総合病院へ車で向かう。先日、ようやく中古車を買った。病院の駐車場に頭から車を入れる。交通機関の発達した東京では運転する必要がなかった。バックで入れる練習もしなきゃなと思う。

夏至の朝日や冬至の夕日が照らす光線に沿って、遺跡や神社仏閣が並ぶ――。最近はレイラインと呼ばれる直線上にその病院もある。ここ上田では、信濃国分寺、生島足島神社、泥宮、女神岳を結んだ線がそれに当たるとのことだった。

カレンダーによると、今日十二月二十二日はちょうど冬至にあたる。天気はイマイチだけど、なんだか縁起がよさそうだなとシュウイチは思った。母の検査結果もよければいいが…。

待合室で母の名前が呼ばれる。ベテランの看護師さんが母の手を取って案内してくれた。てきぱきと仕事をこなす彼女は、時々冗談か何かを言って、ふさぎ込んでいた母を笑わせてもくれた。少し元気が出たのか、母も「あら、ウチの息子も独身なのよ」などと、余計なことを言っている。

そうこうするうちに、そばにいた若い看護師さんが「お疲れさまでした、師長」とベテランの看護師さんに声をかけた。どうやらこの時間で夜勤が明けるらしい。そっか、母もがんばっていたんだなと感謝の念が湧いてくる。

検査には時間がかかるそうだから、車の中で待つことにする。空には厚い雲が広がっている。先ほど自販機で買ったコーヒーをすすり、少しだけ窓を開ける。その瞬間だった。カッティングギターの心地いい響き…懐かしいあの曲のイントロが聞こえてきた。

音のする方向に目をやると、目の前の通用口から出てきた先ほどの看護師長が、手にしたスマホをポケットにしまうところだった。ギターの音色は着信音か何かだろう。

隣に駐められた赤い車に、ツカツカと近いてくる。風にゆれるポニーテール。一瞬で記憶がよみがえる。気がつくと、シュウイチは車のドアを開けていた。

「いい曲ですよね、僕も大好きなんです」今度は自分から声をかけた。

雲間から夕日が差し込む。日に照らされた彼女は、少しはにかんだように微笑んでいた。

STORY

5

神と仏のよもやま話

星が降ってきそうなくらいに空気が澄んだ冬至の夜。長野県上田市にある信濃国分寺の三重塔のふもとに、四匹の猫が集まっていた。実は彼らは、信濃国分寺の薬師如来、生島《いくしま》足島《たるしま》神社の生島大神と足島大神、そして安楽寺の大日如来が猫に姿を変えたものだった。

四匹、もとい、四神仏は夏至と冬至に太陽の光がつなぐレイライン上にある神社仏閣の祭祀で、ご近所のよしみで仲が良いのだ。彼らは、あるときは猫、あるときはカラス、あるときは日向ぼっこをする亀などの姿になって夏至と冬至の日に必ず集まっては、近況報告をしているのである。

この日は、神在月で出雲まで二カ月の旅に出ていた生島大神と足島大神が上田に帰ってきてから行う、定例冬至ミーティングだった。

「おー、おかえり。生《いく》ちゃん、足《たる》ちゃん。どうだったよ？　出雲？」

黒猫に化けた薬師如来が、三毛猫と茶トラの姿で近づいてきた生島大神、足島大神に声をかける。

「毎年のこととはいえ、まぁまぁ遠いよね。これ、何千年ってやってるけど、慣れないよね」と、三毛猫姿の生島大神。

「そんなこと言うなて。呼んでもらえるだけありがたいやろが。足るを知れや、足るを」と、茶トラ姿の足島大神。

「で？　で？　今年はどんなこと話したの？　教えてよー、教えてよー」と、白猫に化けた大日如来。

「毎年同じよ。人間から持ち寄られた悩みをこんな風にして解決してあげたよっていう報告会だから。ただ、最近の傾向としては、量よりも質が評価されんのよ。ほら、やっぱ地方の神社だとさ、そもそも参拝する人少ないじゃん」と生島大神が答えると、

「なんか最近は、M-1みたいになってんねん。予選あって、決勝では点数つけられて講評とかされんねんで。まぁエンタメ要素はあって面白いねんけどな」と、足島大神。

「んで、ふたりはどんな報告したの？」と、薬師如来が聞くと、「私はさ…」と、生島大神が話し始めた。

―人気者になりたい―

ある夏の日。生島足島神社に一人の若い男がやってきた。男の名は、美月幸徳。春先に

イラスト／広浜綾子

「自分が本当にやりたいことを仕事にしたい！」と、大学卒業後に三年間勤めた会社を辞めてYouTuberとなった。実家暮らしで親を頼れるのも、幸徳の背中を押した。

最初は、常日頃からプレイしているゲームの実況をしてみた。数本アップしたが、まったく再生数が伸びない。

「それでは」と、多少ルックスに自信のあった幸徳は、別チャンネルでモーニングルーティンなどのライフスタイルを紹介したところ、「モデルでもないのに、何を勘違いしているんだ、コイツは」など、辛辣な言葉でコメント欄が埋め尽くされた。

「勘違いなんかしてねーよ。俺はただのニートだ。クソ」

それでもへこたれない幸徳は、また別チャンネルをつくって、今度は人気飲食店をレビューすることにした。だが、当然ながら無名で登録者数も数百人のチャンネルでは、人気店が取材に応じてくれない。

「どうすりゃいいんだよ…」

そうつぶやいた幸徳に、母親がこう言った。

「私ね、若いころに長野県の上田市っていうところに行ったことがあるのよ。そこに生島足島神社っていう神社があって、私はそこで願いを叶えてもらえたの。生島大神は、万物を生み育てる神さまだっていうから、あんたの動画のアイデアも生んでくださるかもよ」

「ふぅーん…」

その場ではそっけない返事をした幸徳だったが、すぐにスマートフォンを取り出して上田行きの新幹線を予約して東京の自宅を飛び出し、神頼みの旅へと出発した。

生島足島神社に到着した幸徳は、早速神さまにお願いをした。

「お願いします。俺、これ以上何をやったらいいのか分かりません。自分の好きなことをするために会社辞めたのに、今すごく苦しいです。こんなんなら、会社辞めなきゃよかったって思っています」

そんな幸徳に、生島大神はヒントを与えた。

「原点に戻れ」

もちろん、幸徳に生島大神の言葉など聞こえるはずもないのだが、幸徳は木々のざわめきに何かを閃いたのか「家、帰ろう」と独り言ちて、神社を後にした。

家に帰った幸徳は、おもむろにキッチンに立ち、カメラを回しながら、料理を始めた。

母子家庭で育った幸徳は、子どものころからキッチンに立って母と一緒に料理をしていた。

お金はなかったが、母親が冷蔵庫にある材料だけでつくってくれる奇跡のような一品は、彼の血となり肉となり、絶対的な舌を育んだ。

ブログが一般的になってきたころから、母親は節約しながらつくるおいしい家庭料理のレシピをネットで公開し始めた。彼女としては備忘録程度のものであったのだが、それが注目されメディアなどでも取り上げられるようになると、母親はそこそこ名の知られる料理研究家となった。

「母ちゃんに教えてもらったことをやってみよう」

幸徳は、また新たなチャンネルを開設した。その名も「yukidish」。実家の清潔感のある広々したキッチンで顔出しはせず、手際よく料理をつくる。「スーパーの値引き商品だけでつくるコース料理」や「実家でもらってきたあんまり好きじゃない煮物を極上フレンチにする方法」などのタイトルで動画をアップし始めると、登録者数がうなぎ上りとなり、再生回数も驚くほどに上がっていった。

その後もオリジナル動画をアップロードしていくうちに、SNSのダイレクトメッセージに連絡がきた。

「yukidishさま。突然のご連絡、失礼いたします。私は（株）タムラズの矢口と申します。

私どもは、冷凍食品をつくっている食品メーカーでして、yukidishさまのチャンネルでぜひ当社の商品を使ったお料理をご紹介いただきたく、メッセージ差し上げました。不躾とは存じますが、yukidishさまのご同意を得られるのであれば、今後、年間の予算を計上いたしますので、定期的に動画をアップしていただくこと、冷凍食品については弊社のものだけを使っていただくという確約をいただくことはできませんでしょうか？　図々しいお願いであることは重々承知しておりますが、何卒ご検討くださいませ」

「え？」

幸徳は、思わずスマホを落としそうになった。このタムラズというのは、幸徳が辞めた会社だからだ。商品開発部門を希望するも、営業に配属となり、仕事にやりがいを見出せなかった三年間だった。

「あのタムラズが俺にコラボ？　しかも矢口部長直々だ。報酬も悪くなさそうだな」

幸徳はそう呟いて、その申し出を受けることにした。

「んで、その後その青年はどうなったわけ？」と、大日如来。

「今も人気のYouTuberとして活躍してるよ。もちろん、タムラズとの関係も良好。コラボして商品開発もするようになったんだって。この子さ、若いわりにはちゃんとしてて、お礼参りにきたんだよね。んで、近況を報告してこう言うの。『やらしい話、タムラズからもらえるギャラが社員時代の三倍になりました』って、これまたうれしそうにさ。それでね『いつかこの場所に恩返ししたいです』ってさ。まぁ、こうやって与えてあげたヒントをさ、ちゃんと受け取って実行してくれたら、そこそこどうにかなるんだよね」と、生島大神が言うと

「そうだよなー。いくらこっちがヒントを出しても、まったく無視しちゃう、っていうか響かない人間もいるもんなー」と、薬師如来が大きなため息をつく。

「あれ？　どうしたん？　なんかあったんか？」、足島大神が聞くと、薬師如来がふさふさのまつげが美しいまぶたをほんの少しつむって、「ほら、自分、健康系じゃん？　ついこの前なんだけどさ…」と話し始めた。

―お母さんを助けて―

井上芳子の毎朝の日課は、愛犬のラッキーを散歩に連れていき、その途中で信濃国分寺

に立ち寄って家族の健康と安全を願うことだった。お賽銭は毎日五円。「五円ボックス」という名の貯金箱をリビングのテーブルの上に置いて、自分の財布からはもちろん家族からも五円玉を集めていた。

ある夏の朝、芳子は脇腹のあたりがキリキリと痛むのを感じた。食べることが何よりの楽しみのはずが、ここ最近は、食欲もない。しかし、彼女の日常は続いており、変わらずラッキーを連れて信濃国分寺へお参りする。

「おはようございます、薬師如来さま。今日も家族が健康で平和でありますように」

芳子はそう言って境内を去ろうとする。もう見ていられなくなった薬師如来は、彼女にショックを起こすことにした。

「これなら病院に行って検査を受けてくれるだろう。今なら助かるから！　頼む！」

あまりの痛みにその場で倒れた芳子は、住職の「大丈夫ですか？」の言葉に我に返り、「大丈夫です！　大丈夫です！　ごめんなさいね」と痛みにゆがんだ笑顔を残して、その場を後にした。

そしてその日が、芳子が信濃国分寺を訪ねた最後の日となった。

「薬師如来さま、お願いします。お母さんを助けて下さい！」

芳子によく似た中学生くらいの少年が、ある日信濃国分寺に現れた。

「お母さんは、毎日ここに来ていたでしょう？　毎日お賽銭を入れていたでしょう？　だったら、その分くらいは助けてください。僕のお母さんは癌になってしまいました。胆管癌っていう癌で、お医者さんの話ではもう手術もできないって……。お父さんは僕とお姉ちゃんに『覚悟しよう』なんて言ったけど、僕は嫌だ。お母さんの体調の変化に気づけなかった僕たち家族も悪いけど、薬師如来さまなのに、お母さんの身体の不調に気づいてくれなかったんですか？　そんなんで仏さまっていえるの？　せめて、僕が大人になるまでお母さんが生きられるようにしてよ!!　僕だって『五円ボックス』に五円玉を入れてたんだから、お願いする権利はあるはずでしょう！」

少年の悲痛な叫びに、薬師如来はなんともいえない気持ちになった。


「で、その後どうなったの？」と、大日如来。

「彼女は亡くなったよ。いくら仏だってさ、やれることとやれないことがあんだよ。自分、めっちゃヒント出してたんだよね。彼女の身体の異変には、誰よりも先に気づいてたしさ。彼女が料理しながら見ていたテレビ番組で胆管癌についての情報が流れたときは、目が行くように促したし。それにできるだけ健康な状態が続くようにめっちゃ力使ったからね。いやマジで」

「切ないな」と、生島大神がため息をつく。

「でもさ、少年、来てくれたんだよね。『お母さんは死んじゃったけど、最期は仏さまのように穏やかな顔でした。お母さんの手には、ここのお守りが握られていました』って」

「うわ…泣ける」と、大日如来。

「だからさ、自分、もうひと仕事したわけ。上にかけあって、少年と彼女を会えるように手配したんだよね」

「お、やるじゃん。で、どうなったの？」と、生島大神。

「少年の前に自分みたいな真っ黒な子猫として遣わせてくれたみたい。子猫は拾われたよ。その女性の名前にちなんで、よっちゃんって名前になったんだって。今は家族全員にかわいがられて、よっちゃんも幸せそうだよ。そして何よりさ、彼女の願いだった家族みんなの健康はずっと守っていってあげるつもりよ。これからも」

「神とか仏ってのはさ、何気なくヒントを送ってるもんなんだよな。それに気づいてくれるか、素直に行動に移してくれるかは、あくまで人間次第なんだよね」と、生島大神が応

じると、

「でも本当、少年、よかったじゃん。お母さんだと気づいてなくても、そしてその猫ちゃんともいつかはお別れすることになるけどさ、何かの形で縁はずっとつながっていくんだよな。『袖振り合うも多生の縁』ってことだね。ところで…、足ちゃんはなんかないの？」

と、大日如来が足島大神に問いかける。

「いや、ワシんとこもよ…」と、足島大神が口を開く。


―東京じゃないんだ―


陽ノ宮碧は、上田市屈指の進学校を卒業し、東京の大学に通う女子大生だった。全国的にも名の知れた大学に入学し、地元では英雄扱い。高校の同級生や先生、親戚や近所の人たちまでも「碧ちゃん、すごいねぇ」「さすが、上田のホープ！」と、会う人会う人が褒めはやしてくれた。

碧は、高校時代もクラス委員を担当し、優等生ではあるけれどユーモアもあって、自他ともに認める人気者だった。東京の大学でも高校時代と同じようにクラスメートに一目置かれ、偏差値や模擬試験の結果を気にせずに大好きな語学の勉強に打ち込めるのだと信じていた。そして、今どきのイケてる友達と誰もがうらやむようなボーイフレンドとのキラキラした生活が待っていると信じていた。

しかし、東京の大学に入ってみると、自分よりも頭のいい学生は山ほどいて、小さい時から「かわいい」と褒められていた外見もさほどではないことに気づいた。奨学金を借りながら、生活費を賄う必要があった碧は、せめて「東京っぽい場所」でアルバイトをしようと、渋谷のカフェで働くことになった。

アルバイト先には、碧では手の出ないようなブランド品に身を包んだ老若男女が出入りする。同世代の客に対して羨ましいという気持ちがないかといえば嘘だった。そして、同級生がSNSで数千円もするケーキを食たり様子や海外旅行に出かけてはしゃいだりする様子をアップするたび、碧は不必要な敗北感に苛まれるのだった。

「なんか違う。こんな思いをするために、東京に来たんじゃないんだけどなぁ」

ある年、帰省した碧は、お宮参りから七五三、初詣に合格祈願と、ことあるごとに訪れた生島足島神社を訪れた。

「神さま。私、東京での生活が楽しくないです。もっとうまくやっていけると思ったんだけどなぁ。友達はいるにはいるんですけど、東京出身のキラキラしたクラスメートとはちょっと違う感じで。私、あっちの方に行けると思ってたんだけどな。高校時代とは全然立ち位置が違うんです。やっぱり私には東京は身分不相応だったのかな…」

足島大神は、碧にある啓示を与えた。

「あなたは十分に持っている。あなたは、あなたが輝ける場所でキラキラしたらよい」

深い緑色を讃えた木々の上でぎらつく太陽と、その光を受けて輝く境内の神池に、碧は何かを感じた。

「別に、東京じゃなくても、いっか」

その日碧は、「将来は地元に戻ってこよう」と決心した。地元に戻ってくるために最善の選択肢を考え、碧は公務員試験の勉強をはじめた。上田市役所の職員になるべく、地元の歴史や神社仏閣、人々の生活についてもリサーチを始めた。

そしてめでたく市役所職員としての採用が決まり、碧は国のプロジェクトにかかわる部署に配属された。歴史や地域のストーリーを紡いで、地域活性に繋げるのが、碧のその部署での仕事だった。アイデアを求められた碧は、学生時代にリサーチしたことや、祖父母や高校時代の恩師などから聞いて練り上げたストーリーをプレゼンテーションすることにした。

「別所温泉、生島足島神社、信濃国分寺は、直線状につながれています。夏至と冬至にはこの直線を太陽の光が照らし、レイラインとなります。これって、すごく神秘的なことだと思うし、重要な意味を持っていると思います。それに雨ごいや龍神さまのことも併せて、パワースポット的な感じにできないでしょうか？　このことをもっとアピールすれば、上田を聖地巡礼の場所にできると思うんです」

「んで、その後どうなったの？」と、大日如来が問う。

「彼女のアイデアは採用されて、なんやだんだん盛り上がってきてるらしいわ。しかも、オリジナルのキャラクターまでつくって、地元のVチューバーとコラボしていろいろ楽しく仕事してるってよ。大学時代に憧れてた一目置かれる存在をバーチャルの世界で楽しんでるっちゅーわけや」

「レイラインねー。やーっと気づいて言葉にしてくれる人が現れたか。昔の人たちの祈りが、現代の言葉にようやくなったって感じね。それもあって、最近人が増えたんだ。納得ー」と、大日如来が言う。

「ちゃんとさ、受け取ってくれたら何とかなんだよな」と、薬師如来がポツリとこぼす。

「本当、にっちもさっちもいかなくなる前に来てほしいよね」と、生島大神。

「つか、毎回この結論よな。人間は業が深いで」と、足島大神。

四神仏の間に、神妙な空気が流れる。

その空気を破るように、大日如来が口を開いた。

「そういえば、ウチもこないださ…」

…このお話の続きは、またの機会に。

STORY

6

グランパのバケットリスト

「コルビー、コルビー！」

コルビー・ユキコ・サカグチは、同僚のリンダに声をかけられ、我に返った。

「また、心ここにあらず、って感じね。本当に大丈夫？　少し休暇を取ったらどう？」

「あ、ごめん…。あの、例のプロジェクトの件よね。大丈夫、進んでるから」

コルビーは、ほんの少しだけ口角を上げて、無理やりに笑みをつくった。

コルビーの祖父であるジェームス・サカグチが亡くなって二カ月が経とうとしていたが、コルビーはまだその悲しみから立ち直れずにいた。それどころか、その悲しみは日に日に深まっていくばかりだった。

コルビーは、ハワイで生まれ育った日系四世だ。結婚せずにコルビーを産み、シングルマザーとしてダブルワークで働く母に代わって幼いころから彼女の面倒を見てくれたのが、ジェームスだった。父親を知らずに育ったコルビーにとって、ジェームスはまさに父親そのものだったのだ。そのジェームスが癌に侵され、すでに手の施しようがないことが分かった日、コルビーはベッドに伏して涙が枯れるほどに泣いた。しかし、「その日」が来るまで、コルビーはジェームスとの時間を大切にしようと、「グランパの前では泣かない。

いつも笑顔でいよう」と決めた。

以来、コルビーはジェームスとそれまで以上に多くの時間をともに過ごした。

「ベイビーガール」、ジェームスは二十八歳になるコルビーをいまだにこう呼んだ。十代の頃は気恥ずかしさもあって反発したものだが、今ではジェームスの愛情表現なのだと捉えているし、ジェームスの病気が分かった今では、そう呼ばれる瞬間が愛おしかった。

「ベイビーガール、人生は驚くほど短いものなんだ。俺は…、おばあちゃんもだけれど、友達もたくさん見送ってきたし、ずんぶん長く生き過ぎたと思っていたよ。でも、今こうして自分の人生の終わりが見えると、『ああ、あれをしておくんだった』ってことが山のようにある。いつだって『今度でいいや』って後回しにしてきたからなんだよな。俺の人生は、『また今度』ばっかりだった。ベイビーガール、お前は自分のやりたいことは全部やりつくすんだよ」

ガサガサで皺だらけ、だけど大きくて分厚くて、いつも安心させてくれた優しい手で、ジェームスはコルビーの頭をポンポンと撫でた。

それから半年後、「その日」がやってきた。自宅リビングに置かれた介護用ベッドの上で、ジェームスは静かに息を引き取ったのだ。ジェームスの旅立ちには、一緒に暮らすコルビーの母だけでなく、叔父や叔母、いとこたちも姿を見せ、それぞれに感謝の思いを告げた。

覚悟はしていた。命の灯が少しずつ消えていく様子を目の前で見ていたから。コルビーは、意外にもジェームスの死を冷静に受け止め、葬儀までを泣くことなく過ごすことができた。

しかし、葬儀を終えてレンタルしていた介護用ベッドを返却し、いつものリビングルームが戻ってきたときに、それが「いつもの」ではないことにコルビーは気が付いた。テレビの前のソファ、ナスやキュウリを育てている裏庭の畑、パティオに置かれたテーブルセット。その中のどこにもジェームスの姿はなく、コルビーの「ただいま」に「おかえり」と応えてくれる声がないのを実感したとき、コルビーの目から涙があふれた。

その日から、寂しさと悲しみがコルビーを襲った。ジェームスが好きだったオックステールスープを食べるとき、一緒によく見た地元大学のバレーボールチームの試合がテレビで流れるとき、庭のライチの実がたわわに実ったときやアンセリウムが咲いたとき……。ジェームスと過ごした何気ない風景が、コルビーの胸の奥をチクリと刺し、涙が出てきた。

「ただいまー」

リンダから「もう今日は帰って休んで」と言われ、早々に仕事を切り上げて家に帰ってきたコルビーは「おかえり」という母の声に出迎えられた。

「ママ、珍しく今日は早いのね」

「ねぇ、コルビー。おじいちゃんのもの、少しずつ整理しない？　まだあなたが辛いのはわかるけど…」

「そうだね…。いつまでもこのままにしておくわけにはいかないもんね」

コルビーは母と一緒にジェームスのベッドルームへ行き、飾り棚やクローゼット、机の上、引き出し中のものを一つ一つ取り出し、形見分けにするものと処分するものを分けていった。飾り棚の中には、祖母との結婚式の写真、コルビーの母親が生まれたときの写真や手形などの思い出の品々、そのほかに、日本旅行のおみやげと思しき博多人形やだるまなどの工芸品も並んでいる。

それから数日間にわたって、コルビーは仕事終わりに母とこの作業に取り掛かり、ジェームスの遺品を手に取ることで少しずつ気持ちが落ち着いていくのが分かった。そして、机の引き出しを開けたとき、コルビーは古い手帳があることに気が付いた。十年以上は経っているであろう革の手帳は、いつだって物を大切にしてきたジェームスを象徴するかのようだった。

「ママ、これグランパの手帳？　見てもいいかな？」

「いいんじゃないの」

「グランパって、手帳を持ってるイメージなんてなかったけど、きっと大切にしてたんだね」

表紙をめくると、そこには「バケットリスト（＝死ぬまでにやっておきたいこと）」が書かれていた。

「ママ！　これグランパのバケットリストだ！」

「何が書かれてるの？」

「えっと…。『血圧を気にせず、好きなだけマクドナルドのハンバーガーを食べる』だって。毎日通ってたくせにねぇ」と、コルビーは思わず笑った。

「あとは『猫を飼う』、んと…これは『日本のウエダに行く』。ウエダってどこだろう？」

「さぁ。調べてみたら？」

コルビーはスマートフォンを取り出して、「日本」「ウエダ」と検索してみた。すると、画面には「長野県上田市」が表示され「ノスタルジック・キャッスル・タウン」というウェブサイトがヒットした。

「なんか、お城とかある場所みたい。この上田って場所、グランパと何か関係があるのかな？」

「あなたの曾おじいちゃんは長野っていうところの出身だって聞いたことがある。もしかしたら、その上田っていうところなのかもね。大叔母さんに聞いておいてあげるわよ」

その翌日、コルビーは「やっぱり、あなたの曾おじいちゃんは、長野の上田出身なんだって。シモノゴウっていう場所だったみたいよ」というメールを母から受け取った。そして、ジェームスの言っていた言葉を思い出した。

「俺の人生は、『また今度』ばっかりだった。ベイビーガール、お前は自分のやりたいことは全部やりつくすんだよ」

私がグランパの代わりに、上田を訪れてみよう。私にとってもルーツを知るいい機会になるはず。それに私も「いつか一人旅したい」って思ってたじゃない。今よ、コルビー！

しかし、日本に何の伝手もないコルビーは、何をどうしてよいものか途方に暮れた。そんなコルビーに、リンダがこう言った。

「ねぇ、ソーシャルメディアを使ってみたらどう？　上田のことをよく知っていて、発信している人にコンタクトをとってみるの。ほら、さっきこれ見つけたの。『uedamore』ですって。個人アカウントみたいだから、もしかしたら協力してくれるかもよ」

「ありがとう、リンダ。ちょっと後で見てみるね」


その日、家に帰ったコルビーはそのソーシャルメディアアカウントを隅々まで見た。お城や情緒のある街並み、そして素晴らしい神社仏閣。コルビーがボスに十日の休暇を申請するのに十分な魅力がそこには詰まっていた。

そしてコルビーは、「uedamore」へダイレクトメッセージを送ることにした。返事がなくてダメ元だ。

「はじめまして、uedamoreさん。私はハワイで生まれ育った日系四世のコルビー・サカグチといいます。私の大好きな祖父が遺したバケットリストに『上田を訪れる』という項目がありました。私は祖父の代わりにその夢をかなえたいと思っています。大叔母に聞いたら、下之郷という場所に縁があったようです。そこはどんな場所ですか？　そこで見ておくべきものはありますか？　私は上田に知り合いもいないので、こうしてメッセージを送りました。不快だったらごめんなさい。また、この日本語はアプリを使って訳したので、日本語がおかしかったらごめんなさい」

少し緊張しながらコルビーは「送信」をタップした。すると十分後、コルビーのスマートフォンが鳴った。それはuedamoreからの返信だった。

「はじめまして、コルビーさん。私はuedamoreこと、大町リエといいます。私のアカウントに興味をもってくれてありがとう。もし、上田に来るのなら私がいろいろ案内してあげますよ。少しなら英語も話せるし。なにより、あなたのおじいさまを愛する気持ちに心打たれたから」

「マジ!?」

思わずコルビーは声をあげる。

「ママ！　ママ！　私、日本に行く！　上田に行ってくる！」

それから数日後、コルビーの姿は上田駅にあった。リエとの待ち合わせは、広いロータリーがある温泉口。七月の日本は湿気と暑さでうんざりする…と聞かされていたが、コルビーは上田に限ってはそれほどでもないな、と感じていた。すっきりと晴れた青い空、クリアな空気が気持ちよく、コルビーは大きく深呼吸をした。すると、背の高い、ショートヘアのよく似合う一人の女性が赤い車から降りてきて、こちらに向かってくる。

「コルビーさん…？」

「大町リエさんですか？」

「ああ！　やっぱり！　遠目からもなんとなくハワイの人っぽいなって思ったの。送ってくれた写真より、全然かわいい！　あ、私のことはリエって呼んでくださいね。っていうか、コルビーさん日本語上手ね！」

一気に話すリエに多少圧倒されながらもコルビーは、

「グランパと私は半分くらい日本語で会話していたし、私自身子どものころから日本語学校にも通っていたの。ママは日本語が全然ダメだったから、グランパは私に期待してたのよね」と笑い、

「だから話すのは大丈夫なの。でも読んだり書いたりするのは全然ダメ。私のこともコルビーって呼んでね」と握手のために手を差し出した。

リエはコルビーの手を握り返し、

「読んだり書いたりは私にまかせて、コルビー。じゃあ、早速行こっか」とはじけるような笑顔を向けた。

リエの車に乗り込んだコルビーは、車窓から上田の町並みを興味津々に眺める。川を渡って国道に向かうと、並走する線路を小さな電車がゴトゴトと音を立てて走り、やがて車を追い抜いて行った。

東京や大阪では見ないような電車だわ。かわいい…。

そんな風にコルビーが考えていると

「コルビーは昨日着いたのよね？　上田の印象、どう？」と、リエが尋ねる。

「昨日は疲れていて、ほとんど外に出ていないの。リエはこの町の出身なのよね？」

「そう。大学だけは東京に出たんだけどね。やっぱり上田が好きで戻ってきちゃった。それにね…。高校時代から付き合っていた彼との間に子どもができたから」と、頬を赤らめる。

「私は二十八歳なんだけど、リエは私と同じ年くらいよね？　結婚してお子さんもいるのね」

「私は三十歳だから、まぁ、同年代よね。あ、結婚は…しなかったの。直前で彼が車の事故で亡くなってしまってね…」

「Oh, so sorry」、思わずコルビーは英語で返した。

「ありがとう。彼の事故は残念だけど、私は娘を授かることができて、本当にラッキーだったと思ってる。彼の生きた証を遺せたわ。私の両親もとても協力的で、娘の面倒を見てくれているし、それはもうすごいかわいがりようなの。本当にありがたいことよね」

こんなに明るいリエにも、悲しい過去があるんだ…。

コルビーは、そう思いながら視線をあげて空を見遣った。

「ここは空気がきれいで空が高いのね。見たことがない鳥も飛んでる」

「あれはオオタカかな。でも、滅多にみられるものじゃないのよ。きっとコルビーを歓迎しているのね」

カラリと晴れた青い空に舞うオオタカの姿に、コルビーはジェームスの姿を重ねた。

もしかして、グランパが心配してついてきてくれたのかな…。

コルビーは自然と笑顔になった。

十五分ほどすると、リエは車を止めた。

「コルビーの曾おじいちゃんは、下之郷の出身って言っていたわよね？」

「ええ。大叔母からはそう聞いているけれど、曾おじいちゃんはあまり自分の日本での生活のこと、自分の子どもたちにも話していなかったみたいで、グランパもよく知らなかったみたい。戦争とかもあって複雑な時代でもあったし、子どもたちをアメリカ人として育てたい思いが強かったんだと思うの」

「そっか…。この辺が下之郷よ。ここで一番有名なのが、この神社。生島足島《いくしまたるしま》神社っていうの」

「わぁ…。立派ね」

赤々とした大きな鳥居を目の当たりにして、コルビーが言う。

「この神社はね、すべてのものに命を与える生島大神と、自分にはすべてのものがある…と足る、つまり充分に持っているってことを知る足島大神を祀っているの。日本では、いろいろな神社仏閣で同じ神さまや仏さまを祀っているのだけど、生島大神、足島大神を祀っているのは、東日本ではここと天皇陛下のいらっしゃる皇居だけなのよ」

「すごい神社なのね。私はグランパからいつも自分が持っているものについて、神さまに感謝しないさいっていわれてきたの。きっと、曾おじいちゃんの教えだったのかもしれないわね」

コルビーは、大きな鳥居をくぐるとその造園の美しさに目を奪われた。左手には美しい色の鯉が泳ぐ大きな池がある。そして、前に視線を向けると朱色の橋と木の橋、ふたつの橋が本殿と参道を繋いでいる。そして、濃い緑色の木々の葉が夏の陽光でキラキラと光っていた。

「So beautiful」

コルビーは、思わず英語でそうつぶやいた。

「コルビー、日本には来たことがあるのよね？」

「ええ。東京と大阪、京都、福岡には行ったことがあるんだけど、長野は初めて。もちろんお寺や神社にも行ったことがあるけれど、こんなに美しい場所があるなんて…」

「この池は『神池』、本殿のある場所は『神島』と呼ばれているの。神池が海、神島はこの日本列島をあらわしているんですって。私たち、地元民にとってはすごくなじみのある場所でね。私も小さいころ、おじいちゃんと一緒にお参りにきたなぁ」

「リエのおじいちゃんは元気なの？」

「今は施設にいる。認知症になっちゃってね。もうお見舞いに行っても私のことわからないみたいで…。私もおじいちゃんが大好きだから、コルビーのメッセージを見たときにすごく共感できたの。さぁ、お参りしましょう。まずはお清めね」

リエはコルビーを手水舎へと案内し、その作法を教えた。

「お参りの仕方にも作法があるのね。ハワイにも神社があって行ったこともあるんだけど、この作法は知らなかった」

コルビーはリエのやり方を真似て、手を合わせた。

「何をお願いしたかは、自分だけの秘密にしておいてね。ここは、縁結びにご利益があっていわれているから、きっと上田とのいいご縁を結んでくれるはず。ところでコルビー、上田の滞在中はどこに泊まるの？」

「とりあえず今日と明日は駅前のホテルに泊まる。本当は、ゲストハウスみたいなところがよかったんだけれど、急に来ることを決めちゃったから…。この土地を歩いてみて、よさそうな場所があればトライしてみようかと思って」

「ねぇ、もしよかったらうちに来ない？　まだ出会って数時間しか経ってないけれど、私、コルビーのこと好きになっちゃった。郊外だけど、うちには空いてる部屋もあるし、両親と娘もきっと喜ぶと思う。上田のロコの暮らし、体験してみない？」

「本当に？　いいの？」

「Of course !」

「ありがとう！　じゃあ、お言葉に甘えて明後日からお邪魔します」

「ＯＫ！　今日はもう疲れただろうから、ホテルに送るね。明日もちょっと連れていきたいところがあるの。つきあってくれる？　それから、ランチを一緒に食べよう。お昼前に迎えに来るね。家を出るときにメッセージする」

「ありがとう！　じゃあまた明日ね」

駅前でリエと別れたコルビーは、ホテルの自室ベッドに背中から倒れこんで目をつむった。

今日もなんだか長い一日だった…。でも、リエはとても親切だったし、いい友達になれそう。あの神社もとってもきれいだったし、この上田という場所でどんなことが起きるのか、ワクワクしてきたわ。

いつの間にか眠っていたのだろう。コルビーが目を覚ますと、外はもう白んでいた。

シャワーを浴びて身支度を整え、コルビーは駅前のレトロな雰囲気の喫茶店でシンプルな朝食を取った。そして、コーヒーに砂糖を入れようと砂糖壺に手を伸ばした時に、ふと気が付いた。

あ、この木彫りの鳥のシュガーポット、うちのテーブルにあるものに似てる…。グランパは、曾おじいちゃんが使ってたものだって言って、大事にしてたっけ。うちのは古すぎて顔もほとんど消えちゃってるけど、この土地のクラフトなのかもしれないわね。

会計を済ませたコルビーは、少しだけ街なかを散策することにした。まだ開店前の店がほとんどだったが、コルビーはスマートフォンのアプリを立ち上げてカフェや居酒屋、雑貨店と思しき店の看板の意味を読み取りながら歩いて行った。そしてコルビーは、その中でとても気になる店を見つけた。ジェームスの飾り棚のだるまによく似たそれが看板に描かれている。その名も居酒屋「だるま」だった。

グランパの飾り棚にあっただるまにそっくりでかわいい。今夜が駅前での最後の夜になるから、行ってみようかな。

そんなことを考えているうちに、上田城が目の前に現れた。

お城自体はもうないのね。でも、この真田っていう名前、聞いたことがあるような…。グランパが見ていた時代劇に出てきた人かもしれない…。

スマートフォンで上田城についてのウェブサイトを読んでいたコルビーは、同じくスマートフォンに目をやりながら歩いていた女性とぶつかってしまった。

「ごめんなさい！」「Sorry!」

二人は同時に声を出し、微笑みあった。

「あら、外国の方？　観光で来たの？」と、四十代半ばくらいと思しき女性は、顔にかかったサラサラの黒髪を手櫛で直しながら、流ちょうな英語でコルビーに話しかけた。

「ハワイから来ました。でも、観光というより、自分のルーツを探しに…。私は日系四世なんです」

「あら、そう！　なにか発見があるといいね。よい旅を」

きれいな人…。コルビーはその女性の背中を見送りながら、そう思った。


一通りの散策を終えたコルビーは、リエとの待ち合わせ場所である駅前ロータリーへ向かった。そこにはすでにリエが車の横に立っていて、コルビーの姿を見つけると大きく手を振った。

「ごめんなさい、待った？」

「ううん、さっき着いたところ。さぁ、ご飯食べに行こう！　お腹すいちゃった！」

駅から少し離れると広がるのどかな田園風景。青々とした水田を眺めながら車を走らせる。

「これは、田んぼよね？　この辺はお米作りが盛んなの？」

「そうなの。上田は日本一雨が降らない場所なんだけれど、昔の人たちが知恵を絞ってため池をたくさん作って水を確保してね。そうやってお米の産地としてやってきたのよ。あまりにも雨が降らないものだから、雨ごいのお祭りもあるくらいなの。ちょうど、今度の日曜日にやるから、みんなで見に行こうよ」

「楽しみ！」

「さぁ、ついたわよ。上田はおそばがおいしいの。アレルギーがなければ、ぜひ食べてみて。私、小さい時からここの馬肉そばが大好きなのよ。馬肉って、馬ね」

「馬…。食べたことがないからトライしてみる」

するとと厨房から女将が顔を出す。

「あら、大町さん久しぶり！　こないだ大町さんがお店紹介してくれてから、これ見てきましたっていうお客さん増えてね。本当、ありがとね。あ、お友達？」

「そうなの。ハワイから来たコルビー。馬肉そばを食べさせたくて。二つ、もらえますか？」

注文から数分後、二人の前に馬肉そばが提供された。コルビーは恐る恐るスープを口にして、馬肉、そしてそばをすすった。

「ワオ！　おいしい」

「でしょう！　よかった」

「コルビーちゃん、気に入ってくれた？　うちはほかのそばもおいしいよ。あ、よかったらこれも食べてよ。遠くから来てくれたからサービス！」

そう言って女将は、コルビーたちのテーブルに天ぷらの盛り合わせを置いた。

「女将さん、ありがとう！」「ありがとうございます！」

「はいよー」、女将は厨房から元気な声で応える。

「あ、そうそう。昨日ね、両親と娘にあなたがうちに来ることを話したの。そうしたら、うちの娘、もう大はしゃぎ。あなたと一緒にやりたいこと、メモに書き出してた。彼女なりのバケットリストね」と、笑う。

「バケットリストがつないでくれた縁ね。本当にうれしい。ところでこの後はどこに行くの？」

「さっき話した雨ごいのお祭りの会場にもなる別所神社。この神社には、神楽殿っていう舞台のようなものがあってね。そこから見える景色が、私、最高に好きなのよ」

リエが案内してくれた別所神社は、木々が生い茂り、参道には夏でもひんやりとした空気が流れていた。ほんの少しだけ息を切らせながら長い階段を上ると、開けた境内の右側にリエがお気に入りだという神楽殿が見えた。

「わぁ、すごくきれい…」

青々と輝く山々、そして温泉街が織りなす景色が、まるで一枚の絵ハガキのように美しい。

「上田には、昨日行った生島足島神社とこの別所神社、あともうひとつ信濃国分寺っていうお寺があるのね。それらは直線上に並んでいて、夏至と冬至には太陽がその線を光で照らすの。レイラインって呼ばれているんだけど。先人たちがどういった理由でこの場所に神社やお寺を建てたのかはわからないけれど、きっとここが特別な場所だってことはわかっていたのよね。私は、そんな特別な場所で生きていくことができて本当に幸せ。だからソーシャルメディアでいろいろ発信しているの。そのおかげで、コルビーにも会えたしね」

その後も、リエは別所温泉にある寺院など、コルビーに上田のさまざまな景色を見せた。

「明日のチェックアウトは十一時よね？　そのころに迎えに行くね」

リエは駅前でコルビーを降ろすと、運転席から手を振った。コルビーもそれに応えた。

その夜、コルビーは朝の散歩で気になった「だるま」という居酒屋に行ってみた。ドアを開けると、大勢の客でにぎわっている。

「いらっしゃーい！」と迎えてくれたのは、朝、上田城でほんの少しの会話を交わしたあの女性だった。

「一人なんですけど…」

「あ、今朝の！　なに！　あなた、日本語流ちょうなんじゃない！　あーっと。ごめん、今ね、満席なのよ。この席でいい？」

そう言って案内されたのは、カウンター前のテーブル席。すでに男性客と女性客が一人ずつ座っている。

「あー、この人たちは店の常連さん。嫌じゃなければどうぞ」

「いいですか？　座って」と、コルビーが尋ねると

「おお、おいで、おいで」と、男性客が促す。

コルビーは、今朝の女性に「生ビールをお願いします」と、注文をする。

「はい。生ひとつね。ところで、名前、なんていうの?」

「コルビー・サカグチといいます」

「私は、マユミ。みなさん、コルビーちゃんよ。よろしくね。確かハワイから来たんだったよね?」

地元の客とみられる二人は、「遠いところからようこそ」「俺もハワイに行ったことあるよ!」「いいなぁ、行きたいな」などと口にする。そして、男性客が
「まぁ、とにかく。ようこそ上田へ。まずは乾杯しよう!」

喉が渇いていたコルビーはビールを一気に流し込む。

「おお、いい飲みっぷりだねぇ」

「次はどうする?」と、マユミがコルビーに聞く。

「いいよ、いいよ、マユミちゃん。コルビーちゃん、日本酒飲める? これ、俺のお気に入りなんだけど、よかったら一緒に飲まない?」

「いいんですか? いただきます!」

「本当、神谷さんは美人に弱いわねぇ」と、もう一人の女性客が笑う。

神谷と呼ばれた男性客がコルビーの猪口に酒を注ぐ。一口含んだコルビーは思わず「Oh

my gosh…」と口にした。

「おいしいだろ？　上田は米が美味くて、水も美味いから、美味い酒ができるんだよ」

「ところで、コルビーちゃんは旅行で上田に来たの？　あ、私の名前は陽ノ宮碧といいます」。

コルビーは、大好きだったグランパのこと、彼を亡くした後に自分が抜け殻のようになってしまったこと、グランパのバケットリストに「ウエダを訪れる」とあったこと、大叔母の話ではサトウキビ畑で働くために移民としてハワイに渡った曾祖父が下之郷の出身らしいという話をした。

「ねぇ、陽ノ宮さん。あんた役所に勤めてるんだから、なんか手がかりないの？」と、マユミが問う。

「うーん。ご本人だって証明できれば戸籍をたどることはできるんだけど…。下之郷のサカグチさんねぇ。戸籍をたどるのは難しいけれど、ちょっと明日役所で同僚たちに聞いてみるわ。知ってる人がいるかもしれないから」

その日は、酒だけでなく上田名物の「美味だれ焼き鳥」などを神谷と陽ノ宮にごちそうになって、コルビーは「だるま」を後にした。

「コルビーちゃん、また来てね。ハワイに帰る前に必ずよ」というマユミの声に送られ、日本酒で上気した頬を夜風で冷ましながら夜の上田の街を歩く。

コルビーはもしかしたら、陽ノ宮さんが曾おじいちゃんの家を見つけてくれるかも…。

私は、ここで家族を見つけることができるかもしれない…。

コルビーは、淡い期待を抱きながらホテルに帰った。


翌朝、ホテルをチェックアウトしたコルビーは迎えに来てくれたリエの車に乗り込み、リエの実家へと向かった。リエが両親、娘と暮らす家は、駅から三十分ほど走らせた郊外にあった。

「さぁ、どうぞどうぞ。古い家だけど」

平屋で立派な瓦葺きの屋根を持つ家には縁台があり、その下では猫が夏の日差しを避けるかのように涼んでいる。コルビーがこれまでの日本旅行では見たことがない牧歌的な風景が広がっていた。

「大きな家ね。日本の家って小さいってイメージがあったけど…」

「まぁ、ここは田舎だから。うちは小さいけれど田んぼと畑をやっているの。あ、カナコ、おいで」

コルビーが振り向くと、そこには小学生くらいの小さな女の子がはにかみながらコルビーを見ている。

「ご挨拶は？　あんなに楽しみにしてたのに、なに恥ずかしがってんのよ」と、リエが笑う。

「こんにちは。私はコルビー・サカグチです。お名前を教えてくれますか？」

「こんにちは…。私は大町カナコです」

「何歳ですか？」

「七歳です」

もじもじしながら答える姿がかわいらしいな…コルビーは思わず笑顔になった。すると、

「あらあらあらあら！　遠いとこ、よく来たねぇ。コルビーちゃん？　さぁさぁ、早くあがんなさい。ほら、ほら！」

リエの母親が最大限の歓迎の意を表しながら玄関にやってきた。

「今ね、お昼ご飯つくってたのよ。暑いからそうめんね！　そうめんって知ってる？　食べられるよね？」

一気にまくしたてるところが、リエとそっくりだ。

「おーい、お母さーん、お鍋、吹きこぼれてるぞー」

「はーい！　っていうかお父さん、止めるくらいできるしょう！　もう、やあねぇ。あははは」

「俺は今、天ぷら揚げんのに手がふさがってるんだってー！」

そんな二人のやりとりを聞きながら、コルビーとリエ、そしてカナコはお互いの顔を見て笑った。

「うちのおじいちゃんとおばあちゃんは、いつもああなんだよ。たまにケンカしてるみたいに聞こえるけど、でも結構仲良しなの」

「ねぇ、コルビー。おひるを食べたら、カナコも連れてショッピングに行かない？　おみやげも買いたいでしょう？」

「そうね。お願い。いつもありがとう」


ショッピングを堪能した後、夕方になって家に帰ってきた三人は台所からの香ばしい匂いに顔をほころばせた。

「おう、お帰り。今日はさ、コルビーちゃんが来るって言ったら、友達が鮎を譲ってくれたんだ。食べさせてやってくれ、ってよ。今日釣ったばっかりだってさ」

「わーい。カナコ、鮎大好きー!」

旬の川魚やリエの両親が育てた夏野菜などがずらりと並んだ夕食は、決して豪華とはいえないまでも思いやりにあふれた、家庭の味わいだった。

夕食後、はしゃぎすぎて疲れ、眠ってしまったカナコをベッドに寝かせるとリエとリエの両親、そしてコルビーの四人の大人でテーブルを囲んだ。

「んじゃあ、そろそろ飲むか」

リエの父親が日本酒を取り出す。

「あ、私、昨日そのお酒を居酒屋で飲みました。すごくおいしかった」

「だろ? 上田は米も水も美味いから、酒も美味いんだよ」

「居酒屋のお客さんもまったく同じこと言っていました」と、コルビーは笑う。

「まぁ、今日は飲みすぎなさんなよ。明日は『岳《たけ》の幟《のぼり》』見に行くんでしょ? コルビーちゃん、お父さんに付き合って深酒することないからね」と、リエの母親が夫をたしなめる。

その夜は「もうちょっと飲もうよー」と粘るリエの父親を振り切って、コルビーはあてがわれた自室へと引き上げた。

「これ、お水。夜中にのどが乾いたら飲んで。足りなかったら、冷蔵庫にも何本か入ってるから。ゆっくり休んでね、コルビー。おやすみ」

「おやすみ、リエ。本当に何から何までありがとう」

リエがドアを閉めると、コルビーは畳の上に敷かれた布団に横になった。

畳の上の布団ってすごく新鮮。これが日本の生活なのね。そして、リエがどうしてここまで親切なのか、ご両親を見て納得したわ。すごくいい人たち。上田の人たちは本当に素敵な人たちばかり…。そんなことを考えるうちに、コルビーは眠りについた。


翌朝、コルビーが目を覚ますと、目の前にカナコの顔があった。

「うわっ！　びっくりした！　カナコちゃんおはよう」

「おはよう、コルビー。今日は『岳《たけ》の幟《のぼり》』だよ。早く起きて」

と、そこにリエがやってくる。

「カナコ！　どこにいるのかと思ったら！　コルビー、おはよう。朝ご飯できてるよ。カナコ、あなたも早く食べちゃいなさい」

「はーい」

カナコは少し頬を膨らませて、ノロノロとリビングに向かっていく。

「顔を洗って着替えたら、私もすぐに行くわ」

コルビーは布団の上に座って、大きく伸びをした。


朝食を済ませた三人は、リエの車に乗り込み、別所温泉に向かった。

「『岳《たけ》の幟《のぼり》』の最終地点になっている別所神社は混むから、ちょっと早めに行ってベストポジションを確保しよう。私も今日の様子をソーシャルメディアに投稿したいし」

神社に着いて場所取りをし、しばらくカナコの学校のことやリエの仕事のことなど、とりとめのない話をしていると、お囃子とともに祭りの一行が境内にやってきた。

「このお祭りは五百年以上も続いているの。雨ごいっていうことはこの前も伝えたと思うけれど、ある年の夏、大干ばつが起きてね。それで人々は夫神岳っていう霊山で雨ごいのお祈りを龍神さまにささげたの。そうしたら恵みの雨が降った、ってわけ。以来、そこに祠を建てて当時貴重だった反物をささげて、毎年龍神さまにお祈りをするようになったのよ。あの幟は青竹に反物を括りつけたもので、別所温泉地区を練り歩くの。そのほかにも女の子たちの踊りがあったり、獅子舞があったりするから、見てて」

「あの幟、すごくきれいね。子どもたちもかわいい」

お囃子に合わせて、地元の小学生の女の子たちが歌を歌い、ささらを鳴らしながら舞う。

シャン、シャン、シャンという音が小気味いい、とコルビーは感じた。

「あのダンスはなんていうの？」

「ささら踊り。あの子たちが手に持っているのが、ささら。竹でつくったものなの」

その後、龍と獅子の仮面をかぶった三人が入ってきて、腰に付けた太鼓を打ち鳴らしながら舞を奉納する。

「圧倒される。こんなに素敵なお祭りがあるなんて知らなかった」

「ふふ。国内でもまだそんなにメジャーじゃないから。でも、これからたくさん発信して、海外からのお客さんも増えたらいいなって思ってるの」

「本当に、素敵な体験をたくさんありがとう、リエ。私、この場所が大好きよ」

「私のほうこそ、上田を好きになってくれてありがとう」

そしていよいよ、コルビーが帰国する日が迫った。

「リエ、私、上田の街なかにある居酒屋に行きたいの。『だるま』っていうお店」

「あ、知ってる！　地元の人たちでいつも混んでるところ」

「そう。このあいだ、常連さんたちのテーブルに案内されてごちそうになって。帰る前に挨拶したいの」

「OK。じゃあ、今夜はそこに行こう。でも、お父さん、コルビーと飲みたがってたから、帰ってきたら少し晩酌につきあってあげて」

「もちろんよ」


その夜、コルビーとリエは上田駅近くの居酒屋「だるま」へ赴いた。

「こんばんはー」

「いらっ…あー！　コルビーちゃん！」、マユミが笑顔で出迎える。

「こちらはリエ。私の友達で、上田の出身です」

「あらー！　いらっしゃい！　よろしくねー。今日もこの席でいい？」

そこには、神谷と陽ノ宮、そしてもうひとりの男性の姿があった。

「あ、この人は美月さん。東京からの移住者で、ここの常連さんで映像の仕事してるのよ」とマユミは美月を紹介する。

「よろしく、コルビーさん」

コルビーは、美しい目をした美月という青年に目を奪われた。

「上田はどう？　気に入った場所はある？」と、美月がコルビーに話しかける。

「神社やお祭り、たくさんの素晴らしい場所に連れていってもらったけど、私はリエやリエの家族、そしてこの『だるま』にいる人たちがすごく好きです」とコルビーが答えると、

「わかる！　ここって特別だよね。俺も上田に来て人生変わったんだ」と、美月が笑顔を向けた。

と、そのとき、陽ノ宮がコルビーの肩をトントンと叩いた。

「コルビーちゃん、下之郷のサカグチさんの件なんだけど。友達の伝手で何軒か見つかったんだけれど、そのお宅からハワイに渡った人がいたかまでは確認できなくて…。ごめんね。帰るまでに見つけてあげられなくて」と陽ノ宮が言うと、コルビーは、

「全然いいんです！　また上田に来る理由ができたわ」と、美月のほうをちらりと見遣った。

「理由なんていらないから、いつでも戻ってきてよ。っていうか俺が会いにいくか」と、神谷が笑う。

「なんか本当にやりそう。怖い、怖い」とマユミが言うと、テーブルにいた誰もが笑った。

「だるま」で食事を済ませたコルビーとリエは、リエの実家に戻った。

「おう、待ってたぞ。コルビーちゃん。お父ちゃんと飲もう」

リエの父親が日本酒の瓶をかざして言う。リエの母親が漬けたぬか漬けを肴にしながら酒を飲み、四人がほろ酔いになったころ、コルビーが口を開いた。

「私ね、自分のパパが誰なのか知らないんです。私のママは結婚しないで私を産んだし、パパのことは話したがらなかったから、私はママの方の血筋しか知らないの。いつも仕事でいないママに代わって私を育ててくれたグランパが死んじゃって、とにかく悲しくて。グランパのバケットリストを見つけたときに、グランパがしたかったことを私が代わりにしてみたら、喜んでくれるかもしれないって思って。それに、グランパの訪ねたかった場所に興味がわいて、この上田に来ました。そうしたら、もしかしたら家族が見つかるかも、っていう話にまでになって。結局、曾おじいちゃんの家は見つけられなかったし、家族は見つからなかったけど。見ず知らずの私にこんなに優しくしてくれる人たちがいて、私の家グランパの優しさは、この土地で生まれ育った曾おじいちゃんから受け継いでるんだってわかった。グランパも、私も、人と自然が美しい上田にルーツがあって、幸せ。本当に、

本当に、ここに来てよかった。ありがとう」
「ちょっと！　コルビーちゃん！　家族が見つからなかったなんて、何言ってんだよ！　もうあんたは私たちの家族だよ。こうやって、家でご飯一緒に食べて、くだらない話して笑いあえたら、もう家族なんだよ。だから、いつでも帰っておいで。ね？」
リエの母親が目を潤ませながらそう告げると、リエの父親は
「おう、そうだ。もうコルビーちゃんは俺の娘だ。うちは本当に女だらけの家だな」と言って豪快に笑った。

そしてその翌日、コルビーは荷物をまとめ、リエの実家を後にすることになった。リエは車を玄関横につけ、駅まで送る準備をしている。コルビーとの別れがさみしいカナコは、朝から自室にこもったきりだ。
「カナコー！　もうコルビー帰っちゃうよー。本当にいいの？」
リエがカナコの部屋のドアをノックしながら話しかける。すると、目を真っ赤にしたカナコが飛び出してきて
「コルビー、本当に帰らなくちゃダメなの？　うちの子になってもいいよ？　私のお姉ち

ゃんにしてあげる」と、コルビーに抱き着いた。

「カナコちゃん、必ずまた帰ってくるから。だって、私にはもうここに家族がいるんだもん。だから、帰ってくるよ、絶対に。そのときは、おかえりって言ってくれるかな？　私、ただいまって言ってもいい？」

「うん…わかった。じゃあ…今は、いってらっしゃい」と、カナコは泣きじゃくりながら応える。

「おう、コルビーちゃん、いってらっしゃい」

「いってらっしゃい」

コルビーは、目に涙をうかべながらこう言った。

「はい！　いってきます！」


抜けるように青い夏の空には、オオタカが円を描くように飛んでいる。その姿はまるでジェームスが「いい旅だったかい？　ベイビーガール」と問いかけているようだった。

STORY

7

シン説・舌喰池異聞

独鈷山と夫神岳から扇状に開け、田畑が広がる盆地、塩田平。昔々、その塩田平に住む母と娘がいました。娘のおりんは小さい頃から病気の母を支えながら、母の薬代を稼ぐためにかいがいしく働いていました。

「かーやん、薬だよ」

「おりん、いつもすまないねえ」

「かーやん、それはいわない約束だよ」

絵に描いたような孝行ものなのです。また、絵を描くのが得意だったので子どもたちに絵を描いてやるなど子どもにも慕われていて、おりんのことを褒めぬ村人がいないほどでした。おりんの描いた龍の絵は村で雨乞いするときに奉納されたりと、村人からありがたがられていました。しかし、おりんの願いもむなしく、母の病気が悪化して命の灯が消えようとしていました。

「かーやん、死なないで」

「かーやんはもう長くはない……。おりん、これからは自分のために生きなさい。村の人はいい人ばかりだから、何かあったら助けてもらうんだよ…」

「かーーやーーん……」

母が病気で亡くなり、一人ぼっちになったおりんは、悲しくて悲しくてしかたありません。これまで母の薬代のためにと懸命に働いていましたが、その気力もなくなってふさぎ込んでいました。それを見ていた村人は心配で心を痛めていました。子どもたちはおりんを元気づけようと自分たちで描いた絵を持ってきて、村人も様子を見に訪れます。その中でも村の若者でおりんの幼なじみの竜太は、足しげくおりんのもとを訪ねていました。元気づけようと思い出話をしたり、一向に上達しない絵をおりんに習ってみたりします。一人ぼっちになったと思っていたおりんですが、村の人たちの温かさに触れて一人ではないと感じられるようになりました。そして、幼い頃からおりんに優しくしてくれる竜太の支えで徐々に笑顔を取り戻していきます。

「ありがとう。竜太は、いつも大変な時に助けてくれるね」

「やっぱり、おりんは笑っていたほうがいい」

「もう大丈夫。明日からは村の仕事を手伝えるから」

そう竜太に告げると、おりんは以前のようにかいがいしく働き始めました。

同じ頃、村に「大池」と呼ばれる大きなため池が造られました。しかし、土手から水が漏れて七分目までしか水を溜めることができません。そこで池の改修をするのですが、どうしてもうまくいきません。村人たちは困り果ててしまいます。

「大池がおっこわれるのは、どうしたらいいもんか？」

村の男衆が庄屋の家に集まって話し合うもののいい考えは浮かばず、時間だけが過ぎていきます。そんな中、庄屋が口を開きます。

「以前、京の方で暴れ川の治水工事が上手くいかずに万策尽きた時、人柱を立てて神に祈ったところ工事は成就したと聞く」

「人柱って、人を生きたまま埋めるあれかい？」

「そうだ」

「人がおっちんでため池を完成させるなんておっかねえ」

「だが、ため池が完成せずに日照りになっちまったら、満足な米がこさえられずに村人がたくさんおっちんじまう。水を溜めても水漏れしているところがおっこわれたら、田んぼがおじゃんで同じことだ」

「でも、人柱を立てたところでため池が無事に完成するとは限んねえだず」

村人たちは悩みます。塩田平は晴れの日が多く天候に恵まれていますが、その分雨が少なく、稲作において水を貯めるため池が欠かせません。

「三十年前を思い出してみろ。日照りが続いて水が足りず、飢えも苦しいが、渇きはもっと苦しい。いま生きているものも、家族を亡くしている。家族が苦しんで餓死、渇死するのはもう二度と見たくねえだず」

「たしかにそうだけんど」

「そんだけじゃねえ。少ない水を巡って村人同士でいがみあう始末だ」

「そん時のことがあったから、今は村人で助け合うようになったんだず」

「それは水があるからだ。水がなくなったら同じことだ。それに他にいい案があるんか？」

「ないけども……」

「では、やるしかねえだず」

ほかにいい案も浮かばず、重い空気のまま、泣く泣く人柱を立てることにしました。

そうなると、古来より神様に捧げるのは若い娘と相場が決まっています。十歳から十五歳の娘が候補となるのですが、自分の娘を進んで人柱に差し出すものなどいるはずありませんし、娘を人柱に出せともいえません。結局はくじ引きで決めることになりました。

村のためにと、人柱の話を言い出しましたが、庄屋にもおけいという十三歳になる娘がいるのでした。

「なんとか、うちのおけいを外すことはできないものか」

身勝手ではありますが親心が働きます。そして、その親心で庄屋は良からぬたくらみを思いつきます。くじ引きには木箱と木札を使って、赤い丸が書かれた木札を引いた娘が人柱に立つのです。そこで庄屋は木箱に細工をすることにしました。

「明日は一番に引きなさい」

庄屋はおけいに、それだけを告げておきます。おけいは訳のわからないまま黙ってうなずきました。

翌日、村人全員が集められ、庄屋は大池を完成させるために若い娘を人柱に立てることになったことを伝えます。その対象となる娘は四人いて、その中には十五歳のおりんやおけいもいます。そして、人柱に立つ一人をくじ引きで選ぶことも告げられました。

あまりのことに泣き出すもの、青ざめるものさまざまですが、くじ引きが行われることには変わりません。庄屋が進み出て木箱を置き、何も書かれていない木札三枚、赤い丸が書かれた木札一枚を見せて木箱に入れます。

「おいだれ※、赤い丸が書かれた木札を引いたものが人柱に立つでいいな。では、誰が一番に引くか？」（※信州の方言で「お前たち」のこと）

庄屋はおけいに目配せして、くじを引くことを促します。しかし、おけいは怖さのあまり、泣くばかりで進み出ることができません。そこをまだ幼くて人柱がなんなのかわかっていない十歳の娘が進み出て、木箱に手をさっと入れます。木箱から抜いたその手には何も書かれていない木札がありました。

「続いてくじを引くのは誰か？」

庄屋はまたしてもおけいに目配せして、くじを引くことを促します。しかし、今度は勝気な娘が顔面蒼白になりながらも気丈に進み出ます。ゆっくりと手を木箱に入れて、抜いた手にはまたしても何も書いてない木札がありました。

「続いて……、おけい、引きなさい」

残り二人になったところで庄屋は、おけいに引くことを迫ります。それでもおけいは、怖がり前に進めません。

「私が引きます」

おりんが前に出ようとしますが、庄屋は鬼の形相で寄せ付けません。それもそのはず、次に木札を引かないとおけいが人柱に選ばれてしまうのです。

庄屋は木箱の内側に木札がひっかかる細工をして、そこに赤い丸が書かれた木札をひっかけておいたのです。そして、先ほど見せた赤い丸が書かれた木札は、木箱に入れるふりをして袖に隠しました。おけいがくじを引いた後に、木箱を激しく動かして赤い丸が書かれた木札を落とす算段だったのです。

おりんに先に引かれると困る庄屋は、木箱をおけいの前までそっと持っていきます。それでも怖がってくじが引けません。おけいを動揺させまいと、昨夜にくじのことを伝えなかったことを激しく後悔しますが、今度は優しいまなざしで引くことを促します。そして、やっと恐る恐る木札を引いたおけいの手には、何も書かれていない木札があります。庄屋は乱暴にガタンと木箱を置くと、おけいを抱きしめます。

これで人柱に立つのは、おりんということになります。呆然と佇むおりんを見ていられなかったのか、竜太がいいます。

「なんかの手違いで全部が白札かもしれん。そうしたらやり直しだ。引いてみろ」

おりんがふらふらと木箱に近づき、引いた木札にはやはり赤い丸が書かれています。これでおりんが人柱に立つことが完全に決まったのです。

おりんはお世話になった村人たちの役に立ちたい気持ちもあるのですが、さすがに怖さが勝ってしまいます。逃げることも頭をよぎるのですが、そうするとほかの娘が人柱に立たされてしまいます。どうすることもできずに、悲しみと怖さで沈みふさぎこんでおりました。心ばかりのご馳走が用意されるも喉を通るわけもなく、人柱となる翌日をただ待つばかりでした。

くじ引きを見ていた竜太は、胸が張り裂けそうでなんとかおりんを助けられないかと思案に暮れます。ですが、おりんを助けて逃がしたとしても、別の娘が人柱に立たされるだけだと思うとそれができません。

竜太は、子どもの頃におりんと二人で弘法山《こうぼうやま》にちがい石を採りに行ったことなど、たくさんの思い出がよみがえって助けたい思いが強くなりますが、どうにもこうにも考えがまとまりません。足の向くまま歩いていると、夕日に照らし出される生島足島神社に着きました。せめて神頼みだけでもとお参りをすると。

「そこの人、深刻な顔をしているけど何かあったのかい」

声をかけてくる男がいました。竜太は、神主が持つ大幣《おおぬさ》よりかなり大きく変わった形の大幣を持った派手な青年を不審に思いましたが、自分一人で抱えきれないこと、生島足島神社の生島大神と足島大神の二神が繋いでくれた縁と信じていきさつを話すことにしました。

「なるほど、それならば一ついい案があるけどどうだろう？」

碧と名乗る青年の案を聞いていくと、みるみると竜太の顔が明るくなっていきます。話を聞き終わるか終わらないかの刹那、竜太はおりんの家へ走り出しました。

息を切らしておりんの家に駆けこんだ竜太は、「おりん！　今すぐ村を出ろ！　逃げてできるだけ遠くへ！」とおりんの目をしっかり見つめて諭しました。

「でも、私が逃げても別の誰かが人柱に立たされます。それならば身寄りのいない私が人柱になったほうが……」

おりんはそう言いながらも、悲しいこと怖いことには変わりありませんから、涙がこぼれてしまいます。

「それは大丈夫。妙案があるんだ」

竜太が碧から授かった妙案を説明しているところに村人たちが入ってきます。庄屋にいわれ、おりんが逃げ出さないように家から少し離れたところで見張っていたのです。

「話はきかせてもらったぞ」

全ては村人たちに知られてしまいました。


人柱を立てる前の日。夜が更けた頃、庄屋の家にバタバタと村人たちがやってきます。

「おりんが人柱になるのを悲しんで、その前に自分で命を絶っちまっただ」

「どういうことだ?」

「着物に石を詰めて、舌を食い切って大池に身を投げただ」

それを聞いた庄屋は村人たちと大池に駆け付けますが、松明《たいまつ》の明かりに水面の一部が血で赤く染まっているのが浮かび上がっているだけでした。

「おりんを見張っていたのにどうしてだ?」

「すまねえ、おりんが一人になりてえというから、最後だからと思って……。そしたら、わからねえように家を抜け出したようだ」

そのほかにも村人たちから、「ため池の方に走っていくおりんを見たで」「池の近くにおりんの筆が落ちていただ」などの証言が集まります。それは全ておりんが舌を食い切って身投げしたことを裏付けるものでしたが、遺体を探しても夜ということもあって見つかりませんでした。

夜が明けて、人柱の儀式の日を迎えます。ですが、人柱になるはずのおりんはいません。かといって犠牲を増やすのもはばかられます。おりんの身投げをもって人柱は立ったとして、改修を再開して完成を目指すことになりました。竜太を中心に村人たちは、これまで以上に精を出します。

庄屋はおりんを丁重に供養するとともに、この悲しいできごとを忘れぬように大池を「舌喰池《したくいいけ》」と名づけることにしました。

村人が池の改修に励んでいたのと同じ頃、北国街道《ほっこくかいどう》を江戸に向かう一人の娘の姿がありました。旅姿のおりんです。

竜太が碧から授かった案とは、おりんが舌を食い切って大池に身を投げて死んだことにして逃がすというものでした。あの夜、その案は村人たちに発覚したことでとん挫したか

イラスト／NaniniNuko

に思われました。

「おりん、竜太、そういうことなら、おらたちにも手伝わせてくれ」

おりんを助けたいという思いは村人みんなが同じだったのです。

「舌を食い切るなら、鶏の血を用意しよう」

「着物に石を詰めたことにすれば、遺体が見つからなくてもおかしくねぇ」

「そうと決まれば、おりんは早く村を出た方がええ」

人柱を立てる話し合いとは打って変わって村人たちは活発です。


慌ただしく旅支度を整えたおりんは、村のはずれの上田城下へと続く道で村人がかき集めたお金を渡されます。

「母子二人、村のみなさんには大変お世話になって、恩返しもできないままなのに命まで助けていただいて……」

涙ながらにお礼を伝えます。

「あとはおらたちに任せておけばいいから。今夜は上田城下で夜を明かして、朝早くに出て少しでも遠くに行くんだぞ」

「おりんは死んだことになるから、帰ってきちゃなんねぞ」

村人たちに見送られ、今生の別れだと思うと涙がさらに溢れます。

「おりん、これを持っていけ」

竜太は、子どもの頃に二人で採りに行ったちがい石を差し出します。

「二人で採りに行ったちがい石だ」

ちがい石は、「誓い石」とも呼ばれていて、弘法大師が「大切に保持すれば災厄から免れさせる」ことを誓ったという伝説を秘める石でもあります。するとおりんは懐からちがい石を取り出します。

「二人で採りに行ったちがい石、私も大切に持っているよ」

「じゃあ、交換しよう」

二人はちがい石を交換しました。それでも名残惜しさが募るばかり。

「二人とものんびりしている時間はねえぞ」

夜が更けるまでにしなくてはいけないことがたくさんあるのです。おりんは何度も振り返って頭を下げるのですが、その姿は徐々に小さくなっていきます。

「竜太、本当はおりんと一緒に行きたいだろうけど我慢だぞ。お前までいなくなったら、おかしなことになっちまう」

「わかっている。おらはおりんが生きていてくれればそれでいい」

「こっからが容易じゃねえぞ。おりんをおっちんだことにして、ため池を完成させないといけないんだからな」

こうして竜太が碧から授かった案は、庄屋を除く村人みんなの協力のもとで実行されたのでした。

村人たちは人柱が立っていないのを知った上で、二度と人柱のような話が出ないように懸命に働きました。子どもたちも秘密を守っています。その結果、舌喰池と名づけられたため池はとても丈夫にできあがりました
のちに江戸に出て絵師になったおりんと、村を代表して農学を学ぶために江戸に出た竜太が劇的な再会を果たすのですが、それはまた別のお話です。

STORY

8

カッパのレイライン初巡礼

雨の少ない塩田平には、ため池が多数あります。このため池群は塩田平が「塩田三万石」と呼ばれる穀倉地帯になるために大きな役割を果たし、大事にされてきました。

昔々、その一つの甲田池にカッパの家族が住んでいました。人間なら七、八歳になる子カッパのたつ坊は、まだ甲田池の周りだけで、池の外をあまり知りません。たつ坊が外に出てみたいと駄々をこねるので、お母さんカッパがお父さんカッパにお願いしました。

「あんた。たつ坊を外に連れってやりよ」

「連れていかねえよ。池の中でもわがままで、最近は口も達者になって厄介だっていうのに、外だと人間に見つかるかもしれないんだから、危なっかしくてしょうがねえ」

「それが今日は人間たちが塩田平にはほとんどいないんだよ」

「なんでいないんだい？」

「なんでも上田城に行ってお殿様にお願いごとをするらしいよ」

「そうなんだ。それでも連れてかねえ」

「そろそろ外を見させるのもいいと思うよ」

「連れて行かねえ」

なんてやりとりが何回かあって、お母さんカッパの口調がだんだんと強くなります。

「私だって、たまにはゆっくりしたいんだよ！」

お父さんカッパは、それに気圧されます。

「わかったよ。しょうがねえな」

「ほら、たつ坊。お父ちゃんが外に連れていってくれるって」

「やったぁ！　行ってみたいところがあるんだ」

お母さんカッパが外にいけることをたつ坊に告げると、池の中なのにわかりやすく飛び跳ねて喜びます。心配になったお父さんカッパは釘を刺します。

「外には人間がいるんだから、お父ちゃんのいうこと聞くんだぞ」

「うん。お父ちゃんのいうことを聞いていい子にしているよ。任せて」

「男と男の約束だからな」

「わかった。男同士だもんね」

「あんたは外ではお酒を飲まないんだよ。酒癖が悪いんだから」

「わかっているよ。約束だ」

そんなこんなでお父さんカッパは、たつ坊を連れて池の外に行くことになりました。

「たつ坊、どっか行きたいところでもあるのか？」

「うん、何でも塩田平にはレイラインっていうものがあって、人間がそれをありがたがっているって聞いたから、レイラインには何があるのか見てみたい！」

「余計な入れ知恵をする奴がいるなぁ」

「碧くんっていって、最近できた友達だよ」

　レイラインとは、お寺や神社などが一直線に並ぶことです。塩田平のレイラインは夏至の朝日が照らす光の線の上に信濃国分寺、生島足島神社、別所温泉などが並んでいます。お父さんカッパとたつ坊は、まずはレイラインの東に位置する信濃国分寺に行くことにしました。信濃国分寺は、天平十三年（西暦七四一年）の「国分寺建立の詔」によって上田に造られた歴史あるお寺です。気持ちが高まり今にも駆け出しそうなたつ坊にせかされて、足早に甲田池から東に向かうと信濃国分寺が見えてきます。

「ほら、ここが信濃国分寺だ」

　二人は立派な仁王門をくぐって境内に進んでいき、本堂に向かいます。本堂前には本尊の薬師如来像を御開帳する際に五色の糸や布ひもで結び、参拝者が柱や布ひもに触って心身の健康を願う開帳柱があり、その奥に荘厳な本堂が建っています。

「うわー、お寺ってすごく立派だね」

たつ坊は初めて見るお寺に興奮して飛び跳ね、興味津々でお父さんカッパにいろいろ聞いてきます。

「信濃国分寺にお参りするとどんないいことがあるの？」

「ここのご本尊は薬師如来様だから、疫病厄難除けとか、病気平療とか、たくさんだ」

「じゃあ、なんかいいことあるね。本堂に彫刻だったり、蔵にこて絵だったり、龍が描かれているね」

「塩田平は雨が少ないから風雨が引き起こす災いからは守られているけど、その代わり深刻な干ばつが起きることもあるからな。だから、水を司る水神である龍を崇めて、大切にしているんだ」

「龍を探すのは、隠れなんとかを探すみたいで楽しいね。あっ、わかった。龍が大切だから、おいらの名前は『たつ』なんだね」

「いや、酔っぱらって寝てたら龍に食われる夢を見たから、正夢にならないように龍神様にごまをする意味で付けたんだ。へへへっ」

「聞いてないよ」

「言ってなかったか？」

「そんな理由だと、おいらグレるぞ」

「まあまあ、レイラインに興味があるなら、信濃国分寺の三重塔を見ないとな。源頼朝公が発願といわれる由緒ある塔で、大日如来様が安置されているんだ。大日とは、『大いなる日輪』で太陽のことだ。この塔がレイラインの起点と考えられているんだ」

「お父ちゃんさっきからすごいね。初めて尊敬したよ」

「初めてってなんだ!?」

「カッパなのに、なんでそんなに詳しいの？」

「カッパだけど大人の事情ってやつがあるんだ。誰かが説明しないと話が進まないからな……」

「遠い目をしてる。カッパでも大人って大変なんだね」

池の中に住んでいて高い建物を見たことがないたつ坊は、見上げて圧倒されてしまいます。

「それにしても三重塔は高いな。詳しいことはわからないけどかっこいいや。あっ、あれはなに？」

「石造多宝塔だな」

たつ坊が指さした石造多宝塔は、その名の通り石で作られた多宝塔で大日如来様を具現化したものとされています。信濃国分寺のものは高さ五尺ほどでやや小振りです。

「塔身が削れたりくぼんでいたりするのは、粉にして飲むと病気が治るとか、お守りにするといいといわれているからだ。一番の上の相輪なんか、もうあめ玉くらいの大きさしか残ってないな」

するとたつ坊が、おもむろにあめ玉のような相輪をパキっと取って口へ。石造多宝塔の相輪がなくなってしまいました。

「おい、そのまま食べるやつがあるか！　粉にするんだ」

「んん～」

「のどに詰まったのか？　おい、大丈夫か？」

「んんっ」

お父さんカッパがたつ坊の背中を叩いたり、頭の皿の水がこぼれないようにしながら格闘すること十分ほど。

「はー、なんとか出てきた。飲むのはやめて洗ってお守りにしよう」

「カッパだから呼吸できなくても平気だけど、人間なら死んでるぞ」

「お父ちゃん、そういうことがあった時にいうおまじないも碧くんに教えてもらったんだ」

「どんなおまじないだ？」

「『特別な訓練を受けています。良い子は絶対にマネしないでね』。このおまじないを唱えておけば大丈夫って言ってた」

「なんだそれ。訳のわからないことを言う友達だな」

「おいらたちはカッパなんだから、人間の常識は通用しないってことで」

「とにかく、人間に見つからないうちに次に行くか」

「うん。ところでお父ちゃん、今日のおいらはなかなかいい子だと思うけど、どう？」

「喉に相輪を詰まらせたりしているけど、いまのところはわがままを言わないでいうことをきいていい子っていえばいい子だな」

「そこでどうでしょう。そのいい子だなっていう思いを形で表すっていうのは？」

たつ坊は急に猫なで声でお父さんカッパの顔を覗き込み甘えます。

「始まったな。形に表すってどうするんだ？」

「おいらが食べたことがない人間の食べ物が食べたい」

「人間に関わらないといけなくなるから、危なっかしくてダメだ」

「なんでも、国分寺の近くですしっていうおいしいものが食べられるらしいよ」

「ダメだ。今日はお父ちゃんのいうことを聞く約束じゃないか」

「お父ちゃん、何年親をやっているんだよ。甘いよ。子どもとの約束なんてそんなもんだろ」

「居直るんじゃない。ただの約束じゃない、男と男の約束だって、そういったろ」

「男と男の約束なんていうのも、もう古いよ。そんなこといっていると世間様に叩かれるぞ」

「お前はいつの時代のカッパなんだ。それにすし屋なんてどこにあるんだ?」

「あれ、おかしいな、国分寺の近くにすし屋があるって話を聞いたんだけどな。まあ、しょうがない次に行こう!」


カッパの親子が千曲川を渡って一山超えてくると生島足島神社の大鳥居が見えてきます。人間の足なら時間がかかりますが、カッパの足ならすぐ着きます。たつ坊がいったように人間の常識は通用しません。二人が訪れた生島足島神社は、平安初期にまとめられた「延喜式」にも載っている古社で、万物を生み育て生命力を与える神の生島大神と、国中を満ち足らしめる神の足島大神を祭神としています。御神体は「大地」であり、日本列島の真ん中に鎮座しています。

「今度は初の神社だ！　鳥居があったり、お寺とはまた違う感じだね。でも、お寺と神社は何が違うの？」

「すごく簡単にいうと仏様をお祀りするのがお寺で、神様をお祀りするのが神社だな。ここ生島足島神社は、夏至に太陽が東の鳥居の真ん中から上がり、冬至には西の鳥居の真ん中に沈むように配置されている。まさにレイラインの中心となる神社なんだ」

生島足島神社は、神池に囲まれた神島に本殿が建つという日本でも最古の形式の一つで建物が配置されています。橋を渡ってお参りすると、たつ坊はキョロキョロしていますが、カッパだけあって池の方が気になるようです。

「ここの池は、なんか住みやすそうな池だね」

「神池はいい池だけどダメダメ。ここの境内には大蛇のやつが住んでいて落ち着けたもんじゃない。大蛇のやつがいるから、蛙《かわず》も住んでないいんだぞ」

「本当？」

そういうとたつ坊は、ドボンと池に飛び込んでしまいました。カッパなので水の中はお手のもので自由自在に泳ぎ回ります。

「たしかに蛙はいないみたい。それに水の色も日の当たり方で色が違って見えて不思議だな」

生島足島神

「色が変わる理由はお父ちゃんもわからないな」

「あっ、あれなぁに？」

「それは家族欅っていって、一本の親木から子木が生えている大木だな」

「じゃあ、大きいのがお父ちゃんで、次がお母ちゃん、小さいのがおいらだね」

そういうとたつ坊は、小さな欅の木に登り出します。

「おいっ、危ないぞ！」

お父さんカッパが注意するのですが、小さな欅は重さに耐えきれずにボキッと乾いた音がして幹の途中から折れてしまいます。たつ坊は折れた木と一緒に落ちますが、身軽に着地してケロッとしています。

「あれ、折れちゃった」

こうして家族欅の一本は途中から折れてしまったのです。ですが、たつ坊は気にする様子はなく、次に目が移ります。

「この大きな石は？」

「それはイボ石だな。上のくぼみに溜まった水をつけるとイボがとれるらしい」

「試したい。お父ちゃん、イボない？」

イラスト／si

「そんな都合よくイボはない」

「おしりには？」

お父さんカッパがおしりの辺りを何やらさすると、その目が光ります。

「ここじゃあ、なんだから。持って帰ろう」

どこからか竹筒を取り出して、中の水をイボ石の水に入れ替えます。どうやら持って帰って試すつもりのようです。いろんなものが物珍しいたつ坊は、偶然にも生島足島神社の七不思議に興味を示していきます。

「こっちには根元の太い大きな木があるよ」

「それは夫婦欅だな。それを参拝すると子宝に恵まれるらしい」

「洞がある。中はどうなっているんだろう？」

「こら、子どもは見なくていい」

「どうして」

「まだ早い。大人になったらな」

「……わかった。今日はいうことを聞くって約束だから」

「わかればいいんだ。いい子だな」

「ねえ、いうことを聞いたから団子買って」

たつ坊が指さす先には串にささった団子の形をした看板があります。見た目はよくある民家に見えますが、団子を売っているようです。

「買《か》わず。買《か》わずったら買《か》わず！」

「ここにはかわず（蛙）はいないはずだよ」

「そもそも人間に見つかるだろ」

「大丈夫。団子屋のおばあさんは目が悪いから、人間かカッパかわからないよ。碧くんが言ってた」

「ダメなものはダメ」

「なにも団子屋を買ってくれ、千本、万本がほしいっていってるんじゃないよ。たった一本、たった一本でお腹も心も満たされるんだから」

「一本でもダメ」

「それじゃあ、団子一本買うと家庭が崩壊するほど家計が苦しいの？　お父ちゃんにはそんな甲斐性もないの？」

「そんなことない。家にはきれいなお膳がたくさんあるじゃないか」

「じゃあ、お金があるなら、そこは使うべきだよ。こういうところでちょっとずつ使うから景気が良くなるんだよ。おいらは日本のためを思って、団子を一本ほしいって言ってるんだ」

「経済を理由にするな。買わずっていったら買わず！」

「たかだか団子一本のせいで大好きなお父ちゃんを嫌いになりたくない。かといって団子を恨むのも筋違い。団子一本で親子の絆を断ち切られるなんて悲し過ぎる……。ううっ」

目元を腕で覆って泣き声を漏らすたつ坊の顔を、お父さんカッパはのぞき込みます。

「おい、涙が出てないぞ」

「ちぇ、なんて了見の狭いお父ちゃんなんだろう。そろそろ面倒なことになるよ」

「おまえ、親を脅す気か？」

たつ坊は、さっと草むらに身を隠すと大きな声で叫びます。

「カッパが出たぞー！」

叫び声を聞いて大蛇がニョロニョロ、座敷童がトコトコと出てきますが、人間は出てきません。やはり人間は出払っているようです。妖怪たちが出てくるのを見たたつ坊は、ここぞとばかりに妖怪たちの前に出てきます。

「お集りのみなさん、団子の一本ぐらい買ってやってもいいと思いませんか？」

「おい、こら！　世間を味方にしようとするな」

大蛇は人間がいない静かな日を邪魔されたのが気に食わないらしく、不機嫌そうに言い放ちます。

「団子の一本ぐらい買ってやればいいじゃねぇか」

「よっ、大蛇の旦那！　おっしゃる通りです」

「やった！」

大蛇に頭が上がらないらしいお父さんカッパは、太鼓持ちのように同意して団子を買う羽目になってしまいました。ニコニコして見ていた座敷童は団子屋に住み着いているらしく、たつ坊に手招きしながら団子屋に入っていきます。追うように二人が入ると、小柄で白髪のおばあさんが座敷にちょこんと座っています。

「いらっしゃい」

おばあさんは、カッパが入ってきても動じないで迎えてくれます。

「どうやら、本当に目が悪いみたいだな」

「だから大丈夫って言ったろ」

おばあさんの前の棚には、団子が五、六本置かれています。

「なんで人間が出払っているのに商売しているんだ？」

「ほら、お父ちゃん、あそこの一番大きい団子がほしい」

ぶつぶついうお父さんカッパをよそに、たつ坊が指さしたのは、少し離れたところに置かれている大きさが普通の団子の十倍ほどで、大人の握りこぶしぐらいの団子が三つ刺さった巨大団子でした。

「大きければいいってもんじゃないだろ。大きいと大味になるし、普通の方がうまいぞ。それにあの大きさはいくらなんでも見本だろ。見本に決まっている。なあ、おばあさん、あれは売りもんじゃないだろ？」

「売りもんだよ」

結局、お父さんカッパは、大きさが十倍なら値段も十倍の団子を買うことに。

「まいったな。たかだが団子一本ってことだったのに。一杯飲まなきゃやってらんねえな」

「おいしくてふるえる～。そうだ。おばあさん、これあげる。なんでもこれを削って飲むと病気が治るんだって。きっと目も良くなるよ」

「そうかい。ありがとうね」

たつ坊は粉にして飲むと病気が治ると伝わる石造多宝塔の相輪をおばあさんに握らせてあげました。たつ坊が一口では食べきれない巨大団子にかぶりつきながらお店を出ると、一足先に外に出ていたお父さんカッパがどこから出したのか、ひょうたんを傾けてお酒を飲んでいました。

「お母ちゃんと外では飲まないって約束したろ」

「子どもだけじゃない、大人の約束だってこんなもんだよ」

たつ坊は団子をほおばりながら、お父さんカッパは一杯ひっかけながらレイラインを西に進みます。途中、外壁の色も古びて歴史を感じさせる小さなお宮、泥宮に立ち寄ります。泥宮は「大地（泥）」を御神体としている珍しいお宮です。

「おいらたちが住んでいる甲田池の近くに、こんな小さくてかわいいお宮があったんだ」

「泥宮は小さいけど、御神体が同じ大地の生島足島神社と深い関係があって、生島足島神社の西鳥居とまっすぐな道で繋がっていたらしいし、レイライン上にあるんだぞ」

「じゃあ、おいらたちはレイラインの近くに住んでいて、御神体の泥にまみれて毎日暮らしているってこと？」

「そういうことになるな」

「じゃあ、ご利益があってもいいよね」

「肌がきれいになる。肌がいつも潤って乾燥知らずだから、スベスベツルツルだぞ」

お酒が入ってご機嫌なお父さんカッパは得意気に美肌を自慢してきます。

「触ってみるか?」

「おいらもそうだい。池に住んでいたら、そうなるに決まっているよ。もっとすごいご利益がほしいし、人間たちは御神体と暮らしているおいらたちをもっと大切にしてもいいのにね」

「そうだな。カッパは地域によっては水神の末裔ともいわれているから、もっと大切にされてもいいよな。うんうん。たつ坊、お前はその誇りを忘れずに人間に一目置かれる立派なカッパになるんだぞ」

「お父ちゃんは、この話になると長いんだよな。今日はここまでにしておいてよ。あと、この話をした時は、碧くんに教わったおまじないを言っておいた方が良さそうだな。カッパについては『所説あります』。これで良し!」

そんな話をしながらカッパの親子は甲田池の近くを通って、レイラインの西に位置する信州最古の温泉といわれる別所温泉にやってきました。「信州の学海」と呼ばれて信州における学問・宗教の一大中心地となっていた別所温泉は、長楽寺・常楽寺・安楽寺の三楽寺など多くの寺院が集まります。

その中でまず向かうのは北向観音堂です。北向きの本堂は全国でも珍しく、長野市にある南向きの善光寺本堂と相対しています。来世の極楽往生を願う善光寺、現世での現世利益を願う北向観音堂に両参りして、現世と来世の二世に渡っての幸せを願うのです。

二人が参道の階段を昇ると、北向観音堂が見えてきます。南をお堂と木々に遮られているせいか、少し肌寒く感じますが、たつ坊が手水に触れてみると。

「あったかい」

「温泉の源泉が湧き出しているんだ。手を嗅いでみたら、硫黄の匂いがするぞ。硫黄《いおう》と言《い》おう。ぷぷぷっ」

「お父ちゃんの悪い癖が出た。酔っぱらうと駄洒落をいって一人で喜ぶんだから。でも、本当だ。硫黄の匂いがする。カッパは温泉につかっても大丈夫？」

「世の中には日本酒を飲んで温泉に入るカッパもいるみたいだから大丈夫だろ」

北向観音堂に到着するまでにお父さんカッパはすっかりできあがっているようです。そして、二人は今日四度目のお参りをします。

「カッパの現世利益ってなんだろう？」

「人間と仲良く暮らして、キュウリと尻子玉を山ほどもらうことかな。キュウリが給料《キュウりょう》。カッカッカッカッ」

「それ最高だね。そうしたら人間の子どもといっぱい相撲をとって負かしてやるんだ」

「そのためには善光寺もお参りして両参りしないとな。善光寺《ぜんこうじ》は全工事《ぜんこうじ》。ひゃひゃひゃ」

たつ坊は慣れたもので、お父さんカッパのダジャレはないものとして会話を続けます。

北向観音堂には「善光寺だけでは片参り」のいわれを伝える絵馬なども飾られています。

「龍が描かれた絵馬もあるね」

「よく見ろ。その龍は古銭を使って描かれているだろ。古銭《こせん》は越《こ》せん」

「塩田平には本当に龍がたくさんあるなあ」

続いては常楽寺です。平安時代初めに開創と伝わり、多くの僧が学んだ「信州の学海」を支えたお寺です。本尊の妙観察智弥陀如来《みょうかんざっちみだにょらい》様が安置された本堂は、茅葺の建物で趣があります。カッパの親子はお参りを終えると、本堂の脇を抜けて木々に囲まれた苔むした道を進みます。すると常楽寺の石造多宝塔が見えてきます。

「信濃国分寺の石造多宝塔よりも高いし、どっしりしているね。でこぼこもないや」

「削って飲むと病気が治るとかのいわれがないからな。もう相輪を取るなよ」

信濃国分寺の石造多宝塔を見てきたたつ坊は、違いが気になるようですが、今度は相輪を取ったりしません。そして、重厚な石造多宝塔を囲むようにいくつか塔が並び、どれもが苔むしています。また、常楽寺は北向観音堂の本坊でもあり、石造多宝塔が建てられているところは北向観音の出現地と伝わり、神聖な地として厳かな空気を感じます。

「多宝塔をここにも建てるなんて、太陽に対する思いがすごく強いんだね。ほかにも塔があるけど、これも多宝塔？」

「ほかのは多層塔で、『里帰りの多層塔』と呼ばれているな」

「里帰り？」

「一度行方不明になったけど、見つけた後に返してもらったんだ。大事なものはちゃんと持ち主に返さないとな。返還しないといかん。たつ坊、悪いことをしたら閻魔様に罰せられるぞ。いいことをして閻魔《えんま》様と円満《えんまん》に。ぷぷっ」

お父さんカッパとたつ坊が、次にやってきたのは別所神社です。雨が少ない塩田平では、水源となる山々や神を崇めて恵みの雨を願う雨乞いの祭りである「岳《たけ》の幟《のぼり》」が行われます。「岳の幟」では、夫神岳山頂に祀られた「龗《おかみ》」と呼ばれる九頭龍神を、この別所神社までお連れするのです。二人は、神楽殿を右手に見ながら本堂へと進んでいきます。

「たつ坊、お参りの道は一度でも参道《さんどう》。ぷっ」

「誰もいないね」

「今日は祭りじゃないからな」

「今度は祭りの時に来たいな」

「幟は天から下る龍をかたどっていて、色鮮やかできれいだぞ。お父ちゃんも人間がいっぱいだから、近くで見たことないけど離れて見ていてもきれいだったぞ」

「いいな、見たいな〜。あっ、別所神社にも龍の彫刻があるよ。塩田平では本当に龍が身近なところにいるね」

「水を大事にしている証拠だな。塩田平の人々は龍《りゅう》と生きる流派《りゅう》。ぷぷ」

お父さんカッパが千鳥足になって足元がおぼつかなくなりつつも、二人で神社本殿の周りを巡って建物を飾る彫刻に龍の彫刻を見つけたのです。また、別所神社は高台にあり、塩田平を見渡せる位置には神楽殿が建っていますが、舞台の後ろの壁が吹き抜けになっていて、塩田平の景色を借景として額縁に入った絵画のようにも見えます。

「きれいだね。あれが、おいらたちが住んでいる甲田池かな？」

「今日はよく歩いたし、景色がいいから酒がうまい」

そういうとお父さんカッパは、またひょうたんを傾けてお酒を飲みます。


最後にカッパの親子は安楽寺を訪れました。安楽寺は長野県で最古の禅寺であることで知られ、本尊は釈迦如来様です。威風堂々とした本堂をお参りして、さらに奥に入っていくと木立の中に続く階段の先に木造八角三重塔が見えます。現存する日本唯一の木造八角三重塔であり国宝にも指定されている塔には、信濃国分寺の三重塔と同じく大日如来様が安置されていて、レイラインを繋ぐ意味でも重要な塔なのです。ただし、木造八角三重塔にたどり着くには、長い長い階段を昇らないといけません。

「たつ坊、安楽寺で一番怖い場所を知っているか？」

「えっ、どこ」

「かいだんだ。ぷぷぷ」

足元がおぼつかないお父さんカッパを心配したたつ坊は、背中を押してやります。お父さんカッパは、「これは楽だ」なんていってご機嫌です。

階段を昇り切ると安定感と崇高美、華麗さを備えた塔が青空に向かってそびえています。

「すごいな。カッパのおいらだって、この美しさはわかるぞ。それにしても、なんで大日如来様を安置した三重塔とか、多宝塔とか、太陽を関するものこんなにいっぱいレイライン上に配置したのかな。昔の人は何を伝えたかったんだろう？」

「それはお父ちゃんもわからないな。その謎を解くのは人間たちで、すぐには解けなくても子どもたちに託されて繋がっていくよ」

「そうだね」

「たすきをたくす。ぷっ」

「そのダジャレは無理があるよ。せっかくいいこと言ったのに台無しだし……」

レイライン上の神社仏閣を見てきたカッパの親子は、帰路につきます。「塩田三万石」といわれるだけあって田園風景が広がりますが、帰路の途中には鯉がいる池も。そこでお父さんカッパは、ふと思いつきます。

「今晩の酒の肴に鯉でも取って帰るか。さかなだけに。へへ」

「……酔っているんだからやめなよ」

「酔ってない。酔ってない。それにお父ちゃんは鯉《コイ》取りが得意なんだから。どんとコイ」

そういうと池に飛び込むのですが、やはり酔っていていつも通りいきません。足元がヨロヨロしているので、ビチビチと暴れる鯉をあと一歩のところで取り逃がしてしまいます。

たつ坊にはなんだか遊んでいるようにも見えます。

「なんか楽しそうだな。お父ちゃん、おいらにもやらせてよ」

「そこで見てろ。こういうのは大人に任せておけばいいんだよ」

「やらせてよ」

「いいから任せとけ！」

威勢のいいことをいったお父さんカッパですが、結局は鯉を取り逃がしてへたり込んでしまいました。

「鯉取りはやらせてくれないし、逃がしちゃうし、だらしないな」

「たまたま今日が調子悪かっただけだ。だらしなくないぞ。おっ、見ろ。あそこの土手に馬が繋いであるぞ。予定変更、馬を池に引きずり込んで、今夜は馬肉が肴だ。馬《うま》はうまいからな。へへへ」

「……やめなよ。鯉も捕まえられないのに、馬なんて無理だよ」

「無理じゃない。見ていろよ」

お父さんカッパはそろそろと馬に近づくと首に腕をまわして池に引きずり込もうとします。ところが驚いた馬が暴れるとお父さんカッパの手が手綱に絡まり、急いで馬屋に帰ろうとする馬に引きずられてしまいます。

「お父ちゃん！　待って」

たつ坊は慌ててお父さんカッパを助けようと追いかけますが追いつけません。しかも、途中でお皿の水がこぼれてしまったお父さんカッパはもう力が出ません。外の騒ぎを聞きつけてお百姓さんが馬屋までやってきます。

「これはたまげた！　馬がカッパを連れてきた！」

「お皿の水がこぼれて力が出ません。助けてくれれば、この家にお祝いごとがある時にはお膳を用意してさしあげます」

お百姓さんは、お父さんカッパの言葉を信じて絡まった手綱を解いて皿に水を注いで助けてくれました。たつ坊は人間に見つからないように隠れて、その一部始終をあきれて見ていました。

「こんなことなら、お父ちゃんを外に連れていってやるんじゃなかった」

STORY

9

円盤が来た日

最新の研究によると、銀河系には少なくとも三十六の知的文明が存在する可能性があるという。

一九四七年六月二四日、アメリカ人のケネス・アーノルドはワシントン州のレーニア山付近上空を自家用機で飛行中、高速で編隊飛行を行う九つの三日月形の物体を目撃した。アーノルドは新聞記者の取材で「水面を皿が跳ねるような飛び方をしていた」と語ったことから〝空飛ぶ円盤〟という名称が生まれた。以降も同様の物体の目撃報告は相次ぎ、地球外生命体——いわゆる宇宙人としてSF小説や映画に盛んに取り上げられた。

日本にも古来より地球外文明の存在を示すものは残されている。縄文時代につくられた遮光器土偶は宇宙服を着た姿のようであり、法隆寺西院伽藍五重塔にある侍者塑像のなかには頭部が馬、鳥、鼠のかたちをした宇宙人らしきものもある。現存する日本最古の物語『竹取物語』には月からの使者が登場し、江戸時代に常陸国の原舎ヶ浜に流れ着いた「虚舟（うつろぶね）」は地球外文明のものではないかとする説もある。

荒唐無稽と笑うなかれ。広大な宇宙で地球だけに文明が生まれたと考える方が不自然だろう。むしろ我々は大海にぽつんと浮かぶ孤独な存在ではないことを喜ぶべきではないか。

一九七二年と一九七三年に打ち上げられた宇宙探査機パイオニア10号・11号には、人類からのメッセージとして人間の男女の姿と地球に関する情報を示す記号を記した金属板が取り付けられた。地球外知的生命体探査の最初のケースとして何らかの反応を待ちわびている人は今も多い。

ただし、最初に述べた研究チームの試算によると人類がはるか彼方の知的文明と「会話」を交わすには片道三〇六〇年、往復六一二〇年にわたって無線通信を維持しなければならないため、現在の技術ではほぼ不可能とされている。

一方、別の研究チームの発表によると、人類が出した電波を受信可能な惑星は太陽系付近に二十九個あることがわかった。これは人工的な電波が受信できる一〇〇光年（一光年は光が一年間に進む距離）以内かつ生命の存在に不可欠な水がある惑星の数である。人類が電波を使用し始めたのは一八九五年から。光と電波の速度は同じため、既に一三〇年経過した今、同チームの報告は「既に相手には地球に生命が存在することが分かっているかもしれない」と結ばれている。

＊　＊　＊　＊　＊

「ハ――ッ……」


夜明け前の空に向かって、陽ノ宮碧は白い息を吐いた。

山の稜線が薄明の空と溶け合うように色を変えていく。三月は冬が終わり、春の到来を待つ幕間のような時期だ。朝刊を運ぶバイクの音が聞こえる。

「この景色もしばらく見られなくなるのか」

冷え切ったベランダから室内に戻ると、ペットボトルに残っていた水を飲み干した。そして再びベッドに潜り込み、朝食の時間までしばし眠りについた。

碧という名は青空のように心の澄んだ人に育ってほしいという願いを込めて付けられた。

「井の中の蛙、大海を知らず」

碧の父の口癖だった。小さな井戸で過ごした蛙は外にある広い世界のことを知らない。

若いうちはどんどん外へ出て広い世界を見てこいという父親の後押しで高校卒業後は東京の大学へ進学することになったが、初めての一人暮らしを前に碧の心はざわついていた。

長野県上田市は人口十五万人、県内では長野市、松本市に次いで三番目の都市である。険しい山々に囲まれた盆地ゆえ本州では最も雨が少ない。ともに標高一二五〇メートルを超える独鈷山と夫神岳から扇状に広がる塩田平一帯は田園風景が広がる風光明媚な地として人々の心を動かしてきた。

信濃国分寺は奈良時代、聖武天皇が仏教による国家鎮護のため日本各地に国分寺建立を命じた際、この地に建立された。承平の乱で焼失したといわれているが、室町時代に現在の場所へ再建。境内には薬師如来を安置する本堂や、現存する国分寺の塔で最も古く国の重要文化財に指定されている三重塔などの堂塔伽藍がそろう。

生島足島神社は生きとし生けるもの万物に生命力を与える「生島大神」と満足を与える「足島大神」の二神が祀られ、摂社（下社・下宮）には諏訪大神が祀られる信濃屈指の古社だ。生島大神と足島大神を祀る神社は全国的にも珍しく、近畿地方を中心に数社、東日本では皇居内宮中三殿とここのみである。

夫神岳のふもとには信州最古の温泉といわれる別所温泉がある。日本武尊（やまとたける）が東征の際、峠で出会った老人の「この山中に七つの湯が湧き出て人々の七つの苦を助ける」というお告げに従い探したところ七つの効能の異なる温泉が見つかり、兵たちの傷を癒したと伝えられている。温泉街に近接して安楽寺、常楽寺、北向観音といった塩田北条氏ゆかりの古刹があることから「信州の鎌倉」とも呼ばれている。

信濃国分寺と生島足島神社、そしてこの別所温泉を結ぶ直線はレイライン（光の道）と呼ばれ、太陽の光の加護を受けている。上田に住む人は皆、この陽を浴びて心穏やかに育った。

碧は一年の中でも太陽の暖かさを強く感じる冬から春への変わり目が大好きだった。肌寒くとも視界いっぱいに広がる青い空のもと陽の光を浴びれば心の中まで暖かくなる。できることなら、このまま上田の地を離れたくない。

四月になった。

引っ越しはあっという間に済み、慣れないスーツを着て入学式に出席した。式典の模様はインターネットでライブ配信されたため、両親は上田にいながら息子の門出を見守った。前期の授業が始まるまでオリエンテーションと称して新入生は広いホールに集められ、大学生活を送るうえで必要な説明を受ける。そして学部、クラスごとのガイダンスが開かれ、必要書類の提出や履修登録などが行われる。知り合いがいない心細さもあったが、碧は勇気を出して隣の人に話しかけてみた。会話はぎこちないまま終わったが、この感じも悪くない。

新歓シーズンは部活やサークル勧誘の声かけでキャンパスが一年で最も賑わう時期だ。桜の花びらが舞い散るなか、アメリカンフットボールやチアリーディングのユニフォーム姿で新入生に声をかける人がいれば、ＳＮＳのアカウントが記されたチラシやカードを配る人もいる。みんな活気があって楽しそうだ。

「アルバイトもいいが、サークルには必ず入っとけよ」という父の言葉が反芻された。

「きっと一生の付き合いになる友達が見つかるからな」

親友なら既にいる。幼稚園から一緒の鈴木、サッカー部の佐藤、ゲーム仲間の高橋。

だが、彼らはみんな上田に残った。

サークルのなかには名前だけで活動実績がほぼないものもあるという。遊ぶだけの集まりに貴重な四年間を費やすつもりはない。碧は喧騒のなか映画研究会を探していた。


上田は大正時代から映画のロケーション撮影が行われ、日本映画界を代表する監督たちが作品を作ってきた〝映画のまち〟の顔も持つ。碧が小学生のときに観た『サマーウォーズ』というアニメ映画は上田が舞台だった。人々が生活の大部分をインターネット上の仮想世界で行う近未来、天才的な数学の才能を持つ高校生が世界破滅の危機に挑む物語だ。

劇中には見覚えのある風景がたくさん登場し、ストーリーのおもしろさと相まって夢中にさせてくれた。聖地巡礼と称し、全国から本作のファンがやってくる光景もたくさん見てきた。公開から十年以上経った今も人の流れは絶えず、根強い人気を誇っている。

「映画って、すごいんだな」

碧は上田を舞台にした物語の脚本を書きたいと思っていた。映画にすれば、上田の風景は永遠に残り、後世の人々に伝えられる。そんなことを思いながらサークル棟の廊下を歩いていると、掲示板に貼られた一枚のチラシに目が止まった。

記号のようなものが描かれている。なんだろう？　どこかで見たことがあるが思い出せない。

突然「はい、君、合格」と背後から声をかけられた。振り向くと長い髪の女性が立っている。

「えっ？　合格って？」

「ようこそ、新入生。歓迎するよ」

歓迎は嬉しいけど、いきなり腕を掴まれているこの状況はどう考えてもおかしい。

「ちょっと待ってください！　たしかに僕は新入生ですけど、張り紙を見ていただけですから」

「〝見えた〟から立ち止まったんだろう？」

「ええ、なんの記号だろうなと思って」

「〝見えた〟なら合格だよ」

「どういうことですか!?……うわわっと！」

そのまま目の前の部屋に押し込まれた。


壁に古い映画のポスターが何枚も貼られ、奥のソファに二人の男女が座っていた。

軽薄そうな見た目の男性が「えっ、部長。もしかして新メンバーっすか？」と驚いたように言った。

毛先を青く染めた全身黒づくめの服装の女性は、顔を上げることなく分厚い本を読んでいる。

「私は部長の月霞だ。新入生の君、名前は？」

「い、一年の陽ノ宮といいます。あの……ここってもしかして映画関連のサークルですか？」

この大学には映画サークルが複数存在する。碧が入会を検討していた映画研究会は他大学生含め部員が一〇〇人以上在籍し、これまで業界の第一線で活躍するOBやOGを多数輩出している。部屋を見渡す限り、どうやらここではないようだ。

「うちは少数精鋭の映画サークルでね。誰でも入れるわけじゃない。君が快く入ってくれると我々としてもありがたいんだが」

さっきの男性が鼻歌交じりで会話に割って入ってきた。

「うんうん、メンバーになったら毎日退屈しないと思うよ。なにしろ部長は〝呼ぶ〟人だから」

〝呼ぶ〟？　呼ぶって何だ？

怪訝そうな碧の態度を見かねた男性が「部長、いいっすよね？」と確認をとると、おどけた調子で大きな声をあげた。

「ぱんぱかぱーん♪　ここに御座せられる部長は、地球調査という大きな任務を負った宇宙人なのでーす！」

何を言ってるんだ？　この男の人は。第一、宇宙人ともあろう者がこんなにも簡単に正体をばらされてもいいのか？　……えっ、部長、ちょっと誇らしそうだぞ？

「本物の宇宙人なら証拠を見せろと言いたそうな顔だな」

「……まあ、はい。そうですね。超能力とか」

待ってましたと言わんばかりに部長は「やれやれ」と、ため息をついた。

「君は今、何か飲み物を持っているかい？」

碧はバッグの中からペットボトルの水を取り出した。

「それを一口飲んでみてくれないか？」

言われるままにした。すると部長は細い指先をつつーっとペットボトルのふちをなぞり、もう一度飲むようにうながした。

「うわっ、しょっぱい！」

「私はね、この手で触れた空間内で自在にナトリウムを生成することができるんだよ」

驚いた。もう一口飲んでみた。たしかに塩の味がする。

「元に戻すこともできるんですか？」

「それはできない」。即答だった。

続いて五〇〇円玉をガラスコップに通過させたり、ナイフで切ったレモンの中から丸めたトランプを出現させたり、超能力をいくつか見せてくれたが、徐々にスケールダウンしていく内容に碧は思わず〝手品か！〟と心の中で激しくツッコんだ。

「他にないんですか？　例えば、僕の考えていることがわかるとか」

「他の個体の思考を許可なく勝手に覗くなんてプライバシーの侵害も甚だしいだろう」

ええーっ！　なんてジェントルな宇宙人なんだ。

「てことで、よろしくね、ヒノミヤちゃん♪　あ、俺は政治経済学部二年の小縄。でもってこっちは法学部二年の星羅ちゃんでーす」

星羅は読んでいる本から目を逸らさないまま小さくうなずいた。寡黙そうだが不思議と嫌がられている感じはしない。

「陽ノ宮、君がさっき見ていた部員募集のチラシには、澄んだ心の持ち主にしか見えない記号を施しておいたんだ。あの記号には地球元始からのすべての事象、想念、感情が記録されているから〝見えた〟人はきっと懐かしさを感じただろうね。私は、私が宇宙人であることを知られても構わない人物と地球調査活動をしたかったんだ」

なるほど、部長の正体を口外しない人物として選ばれたわけか
「もちろん映画という地球人の記録媒体にも大いに興味がある。私はこの星に来てまだ日が浅いから、いろんなことを知りたいんだよ。君たちと一緒に」

にわかには信じられない話だが、碧は部長が嘘を言っているように思えなかった。

「では早速、君の歓迎会を開こうと思うんだが、出身はどこだい？」

「待ってください！　歓迎会って、話が早すぎます！　そもそも僕はこのサークルに入るなんて、ひとことも言ってないんですけど」

「それでも君は心の中で思っているはずだ。なんだか面白そうだなと。この歓迎ムードも案外心地いいものだろう？」

うう、それは否定できない。

「もし……もしここで入会を断った場合、僕は記憶を消されるんですか？」

「まさか。なぜそんな無意味なことをすると思うのかい？　記憶ほど美しいものはないだろう」

まっすぐこちらに向けられた視線は嘘をついているように思えない。どうやら悪い宇宙人ではなさそうだ。

「長野県の上田市です」

「ほう！」と部長は声をあげた。

「なるほど。君はレイラインの加護を得た者なんだな」

「レイラインの加護？　レイラインを知ってるんですか!?」

「ふふふ。太陽の光が生み出す驚くべきパワーは宇宙人である私からしても興味深いからな」

小縄先輩も興奮気味に「上田って『サマーウォーズ』の舞台？　俺、あの映画大好きなんだ！」と激しく反応した。

「ひょっとしてヒノミヤちゃんも数学の天才だったりするわけ？」

「まさか！　だったら受験勉強であんなに苦労してませんよ」

二人の会話の間隙を突くように「昔の……」と小さな声で星羅先輩が手を挙げた。

「古い日本映画は好き？」

意外な質問に碧の心は踊った。

「はい。好きです。うちの地元、映画のロケで結構使われてるんです。黒澤明とか、溝口健二とか、成瀬巳喜男とか」

星羅は碧の手を取り、目をキラキラさせた。

「決まりだな。歓迎会は今週の土日、上田市に一泊二日の視察旅行と行こう」

部長の提案に「イェーイ！」と声が上がった。

JAWS

「えっ？　えっ？　歓迎会って普通はお店とかでやるものじゃないんですか？」

「それじゃつまらないだろう。君の歓迎会なんだから君が一番喜ぶことをしてあげるのが最適解じゃないか？」

一瞬、心のなかを見透かされた気がした。

「もちろん我々も楽しませてもらうよ」

「待ってください！　交通費はどうするんですか？　泊まる場所は？　うちをアテにしてるんだったら無理です。親もいますし、いきなり皆さんを連れてきたらびっくりすると思います！」

「そんなことは心配しなくていい。もう旅館は予約したから……」

さっきからスマホをポチポチしていた星羅先輩が笑顔をみせた。

「〝見晴らし抜群の展望風呂と露天風呂。源泉掛け流し温泉を二十四時間堪能できます〟だって。楽しみ……」

慌ててスマホを覗き込むと、江戸時代に創業した老舗旅館の名前があった。

「ええっ、ここ学生が泊まるには高くないですか？」

「お金ならある……」

「星羅はプログラムを組むのが趣味でね。複数の企業とパテント契約をしていて毎月結構な額のライセンス料が入ってくるそうだ。そこにある備品も星羅が買ってくれたものだよ」

棚を見るとビデオカメラやプロジェクターが並んでいる。

「移動はレンタカーで行こう。小縄、運転を頼むぞ」

「おまかせください」

次から次へ起こる怒涛の展開に碧の頭のなかはパンク寸前だった。このまま流されて大丈夫なのか？　断るなら今しかない。

「迷ってる暇なんかないって。人生は短いんだから、まず行動！　あっ、そうそう。土曜の朝、車で迎えに行くから住所教えて♪」

キラキラした笑顔の小縄に根負けして、自分でもまだ覚えきれていない住所をしぶしぶ教えた。

まさか上京からたった二週間で帰郷することになるとは夢にも思ってもいなかった。だけど、ワクワクする。上田に帰れるんだ！

＊　＊　＊　＊　＊

朝六時。集合場所に指定された交差点。車は小縄先輩が用意してくれた大型のミニバンだった。

「すごいですね。こんな高級なクルマ、乗ったことないです。これで行くんですか？」

「あはは♪　車内が狭いと、この人が文句言うからね」と部長を指差す。差された部長は後部座席で満足そうだ。隣の星羅先輩はぐっすり眠っている。碧は助手席に座り、シートベルトを締めた。

「それじゃ、出発しますか。これから約三時間の旅、お付き合いください♪」

車窓からの景色は新鮮だった。朝日が差し込む道路はこの早い時間でも少し混んでいる。高層ビル群、テレビで見たことがあるチェーン店。練馬インターチェンジから関越自動車道に入ると、車は一気に加速していく。さっきから遠慮がちに小さく流れているａｉｋｏの歌は小縄先輩の趣味だろうか。後部座席からはスーッ、スーッという寝息が聞こえてくる。

「ヒノミヤちゃんも眠かったら寝ちゃっていいからね♪」

その言葉に甘えるように碧の意識は遠のいていった。これもすべて小縄先輩の運転が上手なおかげです……。


ハッと目を覚ますと車は上信越自動車道を経由し、まもなく上田市に入ろうとしている。

「〝ひと笑顔あふれ　輝く未来につながる健幸都市〟」

スマホで「上田市」を検索したらしい星羅先輩が、市のキャッチフレーズを読み上げた。

「〝住んでよし 訪れてよし 子どもすくすく幸せ実感 うえだ〟。いいところ……」

「なんか照れくさいです」

碧は背中を丸めた。

「軽井沢も近い……」

「雨、降らなくてよかったっすねー」

運転しながら小縄先輩は言った。上田市は晴天率が高く、年間平均降水量約九百ミリメートルと全国有数の少雨乾燥地帯。

「やっぱ冬は寒いの？」

「はい、盆地なので。だけど山間部以外、雪が積もることは少ないんです」

「今日はヒノミヤちゃんの歓迎会なのに、いっぱい案内させちゃうけどゴメンネ～♪」

「いえ！　小縄先輩こそ運転おつかれさまです。僕も早く免許とりますので！」

「うんうん、なるべく一年のうちに取っといたほうがいいよ～♪」


上田は戦国時代、真田家が徳川の大軍を二度にわたって退けたことで知られる城下町である。時は流れ、この地は大正から昭和にかけて日本の蚕糸業の中心地となる。富裕な養蚕家は当時最先端の娯楽だった映画に心酔し、東京の撮影所に遊びに行っては映画関係者と親しくなり、そこから上田でのロケが行われるようになったと言われている。

降水量が少なく、東京からほどほど近く、古くから残る建物や自然が数多く残っていることは製作陣にとって大きな魅力である。一九九七年からは上田ロケ作品をはじめとする日本映画の上映、新たな人材発掘を目的とした自主制作映画コンテストを行う「うえだ城下町映画祭」がスタート。二〇〇一年には映画・映像作品の製作支援を行う信州上田フィルムコミッションが誕生し、数々の映画やドラマが撮影されている。

「小津安二郎監督の『一人息子』、成瀬巳喜男監督の『鶴八鶴次郎』、黒澤明監督の『姿三四郎』、鈴木清順監督の『けんかえれじい』、市川崑監督の『犬神家の一族』、山田洋次監督の『男はつらいよ　寅次郎純情詩集』……」

上田で撮影された作品名を碧が挙げていくたび、星羅先輩は目を輝かせた。

「全部好きな作品……。早く見たい……」

その手にはサークルの備品のビデオカメラが握られていた。

「ただし街中でやたらとカメラを回すのは控えるように。肖像権やプライバシーの問題があるからな」

部長、あなたって人はどこまでマナーを守れる宇宙人なんだ。

「日本映画もいいけど、『サマーウォーズ』の案内もよろしくね、ヒノミヤちゃん♪　俺、この日のためにDVDを観直してきたばっかだからさ」

上田駅に着いた時点で小縄先輩は猛烈に感動していた。車を駐車場に停め、しばらく駅周辺を散策することにした。

「うひゃあ、『サマーウォーズ』で甲子園に出場した上田高校！」

「……僕の母校です」

「なあなあ、これって、ひょっとして陣内家の門じゃねーの？」

「はい。上田城跡公園がモデルです」

各所に設置された『サマーウォーズ』の登場人物やアバターの看板を見つけるたび、小縄先輩は大きな声をあげた。

「こ、この商店街はもしかして……」

「上田わっしょいのシーンに出て来た海野町《うんのまち》商店街です」

「やっぱりそうか。上田わっしょいって夏祭りだよな？　いつやんの？」

「七月最終土曜日です。ちなみにこの先にある上田映劇って映画館は、先輩の好きなaikoさんの『果てしない二人』という曲のミュージックビデオのロケ地です」

「ええーっ、あの映画館もあんの!?　上田ってすげーなあ！　部長！　ちょっと中、のぞいてもいいっすか？」

部長と星羅先輩は静かに首を振った。

「だよね〜。……ん？　てか、なんでヒノミヤちゃん、俺がaikoファンだって知ってんの!?」

退屈していないか少し心配だったが、星羅先輩は人が変わったようにスマホで一心不乱に写真を撮り、部長も興味深そうに上田の街を歩いていた。白い帽子とワンピース姿でたたずむ部長は、まるで古い日本映画のヒロインのようだった。

予定時間を少し過ぎたところで、旅館のある別所温泉へ車で向かうことにした。大正十年に開通した風情漂う別所線にも乗ってもらいたかったが、限られた滞在時間を考慮した結果だ。

別所温泉は今から約一五〇〇年前、日本武尊《やまとたけるのみこと》が東征の折に発見されたといわれている。また「別所」という名前は平安時代中期、平維茂《たいらのこれもち》が活鬼紅葉《かっきもみじ》という鬼女の退治を北向観音に祈願し、成功したことから別荘を建て、別所と呼んだことが由来とされている。

平安時代初期に開創された北向観音には縁結びや家庭円満をつかさどる愛染明王《あいぜんみょうおう》を祀った愛染堂、縁結びの巨木「愛染カツラ」があり、恋愛成就のパワースポットとして女性に人気が高い。映画やドラマにもなった川口松太郎の小説『愛染かつら』のモデルでもある。

「それで陽ノ宮、ご利益はあったのか？」

「……残念ながら、まだです」

部長に顔を覗き込まれて、碧は顔を赤くした。

「成就までに個人差があるようでして」

信州最古の禅寺、安楽寺。この境内の奥には日本で唯一の木造八角塔で、長野県の国宝第一号に指定された八角三重塔がある。その不思議な形状に一行はしばし見入った。

別所神社の入り口は、常楽寺の坂道を下った左手にある鳥居だ。石段を登ると正面に拝殿。右側にある神楽殿の見晴台に立つと、塩田平から市街地まで見渡すことができる。

常楽寺本堂は当時そのままの色彩を残す格天井が美しい。ご本尊の「妙観察智弥陀如来《みょうかんざっちみだにょらい》」は全国的にも珍しい宝冠を頂く阿弥陀様である。

「神社仏閣巡りって楽しいな！　ヒノミヤちゃん」

「神秘的だった……」

「実に興味深かったぞ、陽ノ宮」

みんなの感想を聞きながら碧は誇らしかった。そして、改めてこの地に神社仏閣がこれだけ数多く建てられた意味を考えていた。

旅館に到着して男性、女性二名ずつそれぞれの部屋に案内されると、夕食まで休憩をとることにした。

夜六時。男性陣の部屋に四人分の食事が運ばれてきた。

「うわっ、美味そう！」

黒毛和牛のステーキをメインディッシュに加えたコース料理は絶品だった。星羅先輩、ありがとうございます。僕は地元なのにこんな豪勢な食事はしたことありません。華奢な見た目とうらはらによく食べる星羅先輩は、おひつのおかわりを二度もお願いしていた。

賑やかな食事が終わると、テンションの上がった小縄先輩が切り出した。

「さてと、まだ時間も早いし、腹ごなしがてら夜の上田をドライブでもしますか」

四人は再び車に乗り込み、ぐるりと上田市を一周することにした。小縄先輩はａｉｋｏの「果てしない二人」が収録されたアルバムを流し始めた。楽しい。すごく楽しい。大学生になると、こんな土曜日の過ごし方もあるんだ。碧はこの瞬間が永遠に続いてほしいとさえ思った。

空飛ぶ円盤が現れるまでは。

＊　＊　＊　＊　＊

「えっ！　あれ、円盤じゃないですか!?」

碧は窓の外に巨大な飛行物体を発見した。夜空にかなり巨大だ。まるで呼吸をするように光を点滅させている。

「なになに!?　『未知との遭遇』!?」

「『アステロイド・シティ』……」

「『インディペンデンス・デイ』!?」

「『マーズ・アタック』……」

「ひゃー、てことは侵略されちゃうワケ、俺たち!?」

どうやら小縄先輩と星羅先輩は過去にも円盤と遭遇したことがあるようだ。なるほど、これが前に言っていた〝呼ぶ〟の正体か。

はしゃぐ二人をよそに部長は黙ったまま円盤を見つめている。考えごとでもしているのだろうか。ほどなくして正体不明の円盤は碧たちの車に少しずつ接近してきた。

「なんか追いかけてきてるみたいっすけど」

円盤は不規則に光の点滅を繰り返している。まるでモールス信号のように。

部長が「……水が……飲みたい」と小さな声で言った。

すかさず星羅先輩が「お水……」と新品のペットボトルを差し出した。

「ふふふ。ありがとう。でも必要なのは私じゃない。あの円盤だ」

珍しく真剣な表情の部長に、碧は「いったい何が起きているんですか?」と訊ねた。

「緊急事態だ。陽ノ宮、この近くに大きな湖はないか?」

「どういうことですか?」

「湖? あの円盤は地球外から飛来した生命体だ」

「つまり生きてるってことですか? なんか光ってますけど」

「光。どうやら群れからはぐれた赤ちゃん円盤が水を求めて我々に助けを求めている」

碧は再び窓の外を見上げた。赤ちゃん？　にしては巨大すぎるだろ。

「あの大きさがまるまるつかる水場が必要だ。このままでは死んでしまう。一刻を争う状態だ」

声の調子から部長の焦りが伝わってくる。

「さっき通った千曲川まで戻りますか」と小縄先輩が言った。

「市街地か。人目につくが仕方ない。そうしよう」


「だったら！」と碧は叫んだ。

「この近くに〝ため池〟があります！『舌喰池（したくいけ）』といいます」

「ため池か。大きさはどれくらいある？」

「東京ドームくらいあります。今の時期なら満水なので水の量も十分です」

舌喰池の満水時の貯水量は十三万七九〇〇トン。小学校の遠足でそう学んだことを思い出した。

「よし、そこへ案内してくれ」と部長が言った。

すかさず碧は「次の信号を右に」と小縄先輩に指示を出した。

五分もしないうちに舌喰池へ到着すると、円盤は水辺の上空に数十秒間静止し、そのままゆっくりと着水した。一瞬、底面がアサガオの花を逆さまにしたような形状に変化したように見えた。

弱々しい光を反射した水面に大きな輪が広がっていく。羽を休めていた鳥が飛び立つ音がした。碧たちもすぐさま車を降りてその光景を静かに見守った。円盤の光が少しずつ活力を取り戻していく。

「なんとか間に合ったようですね」

「ああ、私もこのタイプは初めて遭遇したよ」と部長も安堵の顔を見せた。

この円盤の赤ん坊は、なぜこの上田の地に来たんだろう？　部長は「群れからはぐれた」と言っていたが、何の目的で？

「レイラインだよ」と部長は言った。

レイラインは一九二〇年代、イギリス中部のヘレフォードシャー州ブレッドウォーディンで複数の古い遺跡が直線に並ぶよう建てられていることを発見したアルフレッド・ワトキンスによって名付けられた言葉である。イギリス南西部を長大に貫く「セント・マイケルズ・レイライン」はパワースポットの宝庫として世界的に有名だ。日本でも茨城県・鹿島神宮と宮崎県・高千穂神社を結ぶ直線上には伊勢神宮、富士山、明治神宮、皇居が並ぶ。長年の研究の結果、レイラインは太陽と深い関係があると言われている。

「この地域には夏至の日の出の方角から差し込む光の線が聖なる直線を作って太陽の強大なエネルギーを蓄積されている」

「その聖なる直線って、信濃国分寺、生島足島神社、別所温泉をつなぐレイラインのことですか？」

「そうだ。おそらく円盤からすれば、この辺りがエネルギースポットであることは一目瞭然だ。もっとも地球人には君のように特別な能力の持ち主以外、何も見えないがな」

「能力？　それがレイラインの加護ってやつですか？」

「上田の人々はみんな多かれ少なかれレイラインの加護を授かっている。だが陽ノ宮、君の加護は特別だよ。なにしろ私がサークル勧誘の張り紙に施した暗号が見えたんだから」

あの張り紙にはそんな仕掛けがしてあったのか。碧は〝見えた〟という言葉の意味がようやくわかった。

「おそらく円盤は定期的にこの地へ飛来してはエネルギーをチャージしていたんだろう。ところが何かの拍子にあの赤ちゃん円盤だけ取り残されてしまった。かわいそうに。ひとりじゃ水の摂取方法もわからなかったんだろう。かなり脱水症状が進んでいたよ」

「仲間の円盤は今どこにいるんですか?」

「心配ない。ついさっきコンタクトがとれた。もうすぐ迎えに来る」

碧はホッと胸をなでおろした。

「これって誰かに見られたらマズいっすよねえ?」と小縄先輩が口を開いた。

ハッとして周囲を見渡すが、運良く周りには誰もいなかった。

「しかし、でっかいため池だなあ」

「このあたりは年間降水量が上田の中でも特に少ない地域なんです。ただ、水田農業に最適な肥沃な土地だったので、農業用水を確保する目的で人工のため池をつくったんです」

池のほとりに看板らしきものを見つけた星羅先輩がスマホのライトで照らした。

「築造は一六四一年って書いてある……。江戸時代……」

「はい。おかげでこのあたりは塩田三万石と呼ばれる穀倉地帯になりました。この先にも山田池という大きなため池があります。塩田平だけで大小合わせて約一〇〇カ所あって、二〇一〇年には農林水産省の『ため池百選』に選定されました」

「舌喰池……」

「文字で見ると、おっかない名前だな」

「実はこの池には悲しい伝説があるんです」

碧は池の名前の由来を語り始めた。かつて「大池」と呼ばれていたこの池は、土手からの水漏れが止まらなくなった際、生きた人間を土に埋めて改修工事がうまくいくように祈る「人柱」を立てることになった。くじ引きの結果、村はずれに住む若い娘が選ばれたが、彼女は悲しみのあまり舌を喰いちぎり池に身を投げてしまった。村人たちは娘に深く詫び、以来この池は「舌喰池」と呼ばれるようになった。

四人は池に向かって静かに手を合わせた。時刻は夜九時をまわろうとしていた。

ほどなくして円盤の仲間が飛来し、赤ちゃん円盤はあとを追うように空高く飛び立っていった。あっという間の出来事だった。去り際にパッパッと二回眩しい光を放ったのは感謝の意味だろうか。碧たちも大きく手を振って見送った。

「ところでさ」

小縄先輩が再び口を開いた。

「この池の水、農業用なんだろ？　あんまり減っちゃってると農家の皆さんが困るんじゃないの？」

確かに水位がかなり下がっているように見える。

「その心配はない。宇宙人の協定により、異星探訪中に器物損壊などのアクシデントが起きた場合は必ず原状回復する義務が課せられている。遅くとも地球時間で二十四時間以内には円盤が飲んだ水と同じ質量・成分のものがこの池に転移されるはずだ」

なら、よかった。部長が言うなら間違いない。

旅館に戻って露天風呂を満喫すると、一気に疲れが襲って来た。同室の小縄先輩もさすがに朝早くから運転してきただけあって、布団に入るや寝息を立て始めた。碧も体を横たえたが、しばらく目が冴えて寝付けず、この夜の出来事をいつか映画にできないものか考えを巡らせた。

翌朝、珍しく上田に雨が降った。

＊　＊　＊　＊　＊

雨音で目が覚めた碧はしばらく窓の外を眺め、部屋の外に出てみた。四月とはいえ浴衣ではまだ少し肌寒い。少し歩いたところに緑の生い茂る庭を一望できる廊下があった。

部長がいた。

「おはようございます」

「おはよう。ちゃんと眠れたか」

「はい。おかげさまで」

サーッという雨の音と肌寒さが心地いい。

「ここはいい場所だな」

「はい。大好きな場所です」

朝食を食べ終えても雨は止みそうになかった。二日目は日本映画のロケ地を回る予定だったが、誰よりも楽しみにしていた星羅先輩の体調がすぐれないという。

「昨日、食べ過ぎた……」

「それじゃ今日のところは早めに切り上げて帰るとしますか」

「みんな……ごめん……」

申し訳なさそうにしている星羅を見て、「あの！」と碧が切り出した。

「ここ別所温泉には五〇〇年以上続く『岳《たけ》の幟《のぼり》』という雨乞いのまつりがあるんです。毎年七月に開催されていて、龍をかたどった色鮮やかな幟の行列がすごくきれいで、ささら踊りや三頭獅子舞の奉納もあるんですけど……よかったら、また来ませんか？　この四人で」

「いいねえ！」

満場一致で夏の予定が決まった。

帰路、高速に乗って軽井沢の手前でラジオをつけると、今朝早く長野県上田市で一時間に二〇〇ミリという観測史上初の記録的な雨量が局地的に観測されたことが報じられていた。数値的には大災害級にも関わらず、被害がなかったことをパーソナリティーが不思議がっていた。


「これってもしかして……」

「円盤の野郎、やりやがったな！　宇宙人のよくわかんない技術で大量の水をテレポートするのかと思ったら！」

「地球の天気、利用した……」

「まあ、舌喰池だけを狙って雨を降らせる技術も大したものだがな」

東京へ向かう車内は四人の割れるような笑い声に包まれた。

STORY 10

松茸が教えてくれたこと

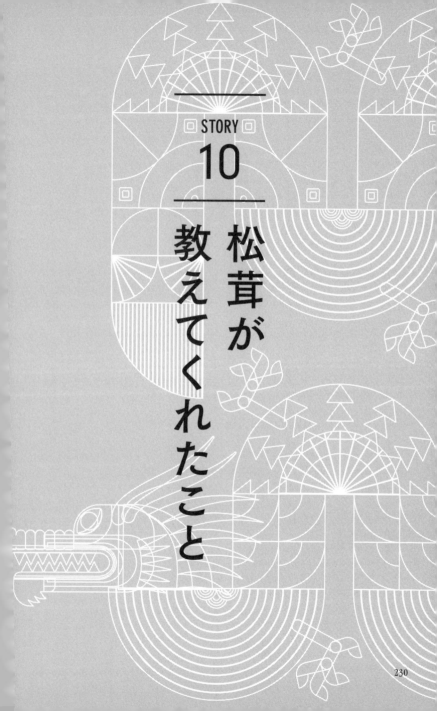

末田家の長男として生まれた武雄は、おだやかで手のかからない子だった。

「お姉ちゃんの時とずいぶん違うねえ」と両親は笑った。特に助かったのは食べ物の好き嫌いがないこと。野菜、肉、魚。何を出されても美味しそうに食べる姿は末田家の食卓を明るくした。

五歳の時、隣町に住む祖母がつくった松茸ごはんを口にした武雄は、松茸の香りに魅せられた。普段おとなしい武雄が「もっと食べたい、もうないのか」と騒ぎだし、大人たちを困らせたことは後々まで語り草となった。いただきものだからねえと申し訳なさそうにしながら祖母は「この子は将来、立派な食通になるよ」と太鼓判を押した。

武雄は小学生になると誕生日に親が買い与えた「きのこ図鑑」を貪るように読み、やがてさらなる知識を求めて学校の図書室や近所の図書館に足繁く通うようになった。

松茸はキシメジ科キシメジ属キシメジ亜属マツタケ節のキノコの一種で、アカマツのほか、ツガ、エゾマツ、トドマツ、シラビソなどマツ科の針葉樹に共生する。かつては日本全国いたるところで採れたが、松食い虫による被害や松茸山の荒廃によって採取量が極端に減り、現在では高価な食材を代表するひとつである。

末田家は裕福ではなかったが、幸い我が国には松茸風味のお吸いものなるインスタント商品があった。お湯を注ぐだけで松茸の香りと風味が広がるこの商品は武雄の味欲を充分満たし、飲み終わるたび小さな手を合わせて開発陣に感謝した。

中学一年生のとき、武雄は明治から昭和期に活躍した夢野久作という作家が書いた「きのこ会議」という短編小説に大きな感銘を受けた。初茸、松茸、椎茸、木くらげ、白茸、鴈茸、ぬめり茸、霜降り茸、獅子茸、鼠茸、皮剥ぎ茸、米松露、麦松露といったきのこたちが夜中に集まって談話会を始めるという荒唐無稽な話だ。そこでは松茸がこんな演説を繰り広げていた。

「皆さん、私共のつとめは、第一に傘をひろげて種子を撒き散らして子孫を殖やすこと、その次は人間に食べられることですが、人間は何故だか私共がまだ傘を開かないうちを喜んで持って行ってしまいます。そのくせ椎茸さんのような畠も作ってくれません。こんな風だと今に私共は種子を撒く事が出来ず、子孫を根絶やしにされねばなりません。人間は何故この理屈がわからないかと思うと、残念でたまりません」

松茸には等級があり、傘の内側が膜切れしていない「つぼみ松茸」と呼ばれる成長段階が見た目的に最も松茸らしいという理由で高級とされてきた。人間が胞子の飛散する前の状態のものを珍重するせいで、松茸の採取量は輪をかけて減っていく。武雄は大人になったら自分が口にする松茸はなるべく傘の開いたものを選ぼうと誓った。

知見を深めるたび武雄の松茸への思いはますますつのった。生鮮食品である松茸を美味しく食べるには、松茸山で採取してから調理するまでの時間が早ければ早いほどいい。ならば松茸産地に赴き、そこで食することだ。松茸は日当たりの良い南向きの斜面に生えやすい。日本の生産量一位は長野県で全国の六割以上を占める。なかでも上田市の塩田平はアカマツが自生して、良質の松茸がとれる名産地だそうだ。上田市といえば、戦国時代の真田三代発祥の地。当時家族そろって観ていたテレビドラマで馴染みある名前に武雄は深く興味を示した。

松茸はその年の気候の影響を強く受ける。豊作になるのは春から夏にかけて降水量が多い年、台風の多い年、残暑が厳しくない年。近年は異常な暑さのせいで収穫が少ないことも増えてきた。当然、不作の年は価格が高騰する。武雄は気象情報にも注意を払うようになった。

一方で近年は外国産の松茸も国産に遜色なく美味しいものがあり、国内で不作のときには重用されている。旅館や料亭では良質な松茸をなるべく安価に提供したい思いから企業努力を続けているが、残念ながらお客さんの多くは国産でない場合はがっかりされ、満足度が下がるという。

こうした国産至上主義に対しても武雄は疑問を抱いた。早く大人になって自分の稼いだお金で国産、海外産の松茸を食べ比べてみたい。そして頑張っている旅館や料亭の力になりたい。その思いは武雄の原動力となった。同年代と比べると明らかに異質な本棚を見て両親が心配した時期もあったが、武雄は優しさと深い探究心を持つ青年に育っていった。

時は流れ、武雄は大学を卒業して社会人になった。

彼の楽しみは毎年秋に上田市を訪れることだ。北陸新幹線で約一時間半の小旅行。上田では九月から十一月にかけて期間限定で松茸小屋が各地にオープンし、ふところ具合に合わせてコース料理から一品料理まで堪能することができる。鼻腔をくすぐる独特の香り、口の中いっぱいに広がる食感。大げさでなく生きていることを実感する瞬間だ。

松茸は日本では弥生時代から食されており、奈良時代末期に編まれた「万葉集」でも歌の題材として詠まれている。この時代はただ単に「茸（たけ）」と呼ばれており、寛弘二年（西暦一〇〇五年）頃成立した『拾遺和歌集』に収められた「あしひきの山下水に濡れにけりその火まづたけ衣あぶらん」という歌が「松茸」という言葉の初出であるとされている。

香りを逃さないよう流水では洗わず、濡れ布巾でやさしくぬぐい、根元の石づきの固い部分を薄く削ぎ落とす。松茸を調理する際の基本である。

「昔はこの時期になると山でごろごろ採れたもんよ」と松茸小屋の主人が言った。

上田に足繁く通ううちに主人と顔なじみとなった武雄は、採れたての松茸の中から気に入ったものを選び、ふるまってもらった。松茸ご飯、お吸い物、土瓶蒸し。どれも頬が落ちる。なかでも主人お薦めの、アルミホイルで丸ごと包んだバター焼きは大のお気に入りだった。

「味付けは微量の醤油と塩だけ。贅沢な食べ方です」

「だろう？　武雄さん、あんた今日もいい松茸を選んだねぇ」

「傘の開いたものが好きなんです。皆さん好みはあるでしょうけど、僕はこっちのほうがプリプリして美味しく感じられて。それにしても、今年は豊作でよかったですね」

「うん、よかったよかった。観光客の皆さんに喜んでもらえて」

主人は心から嬉しそうな顔をした。

「残暑が厳しくて収穫が少なかった年は外国産の松茸も食べましたけど、それもすごく美味しかったです。上田の人が選んだものだから間違いない。やっぱり僕にとって松茸は上田で食べることに意義があるんです」

「そう言ってもらえると私らも嬉しいよ。頑張って来たからねえ」

二人はおちょこに注がれた日本酒を同時にあおった。

「ところで武雄さんはレイラインって知っとるかね」

主人が見せてくれたパンフレットには「日本遺産　レイラインがつなぐ太陽と大地の聖地～龍と生きるまち信州上田・塩田平」と書かれていた。上田市の西南に広がる塩田平エリアには古くから仏教文化が花開き、鎌倉時代から室町時代にかけて造られた国宝や重要文化財、県宝などが数多く点在している。

「へえ、こんなにたくさんあるんですね」

「あんたは松茸しか目が行ってなかったものなあ」と主人は笑った。

レイラインとは夏至の朝、太陽が日の出の際に地上につくる光の線。生島足島神社から別所温泉までの軌道は不思議なことにレイラインと一致する。そして駅をつなぐ線路は空からみると龍のかたちをしていると言われている。主人はこの場所に受け継がれる伝承・風習をつむぐストーリーが二〇二〇年六月に文化庁より日本遺産に認定されたことを武雄に伝えた。

「塩田の人はみんな龍を崇め、祀り、ともに生きてきたんだよ」

「きっと龍は松茸をお腹一杯食べて天へ昇っていったんでしょうね」


翌日、武雄はさっそく生島足島神社にお参りに行った。夏至の日は太陽が東の鳥居の真ん中から上がり、冬至の日は西の鳥居に沈む。そんな神秘的な場所に目を向けなかった自分を恥じながら、上田を訪れる楽しみがまたひとつ増えたことに心高ぶらせていた。


その年の暮れ、武雄に姉から電話がかかってきた。聞けば、甥っ子の丈人の様子が最近おかしい、学校に行きたくないと言っているという。何か悩みでもあるのだろうか。

「それがさっぱり話してくれないのよ。丈人、あなたになついていたでしょう？　忙しいところ悪いんだけど、近いうちに話を聞いてあげてくれないかしら」

電話を切り、深く息を吸った。丈人は来年中学受験を控えた小学六年生だ。志望校に関することだろうか。それともいじめだろうか。小さい頃はよく遊んであげた丈人とここ数年会えていなかったことを悔いるように武雄は天を仰いだ。

しばらく考えた末、カレンダーに目をやると、すぐさま姉に電話した。

「もしもし、姉さん？　今週末、丈人を預かってもいいかな？」

十二月二二日、土曜日。東京駅で丈人と合流して新幹線に乗った。冬休み前に突然、久々に会う叔父と二人で旅行することに丈人は戸惑っているようだった。黙ったままの甥に武雄は「いきなりごめんね。今日は叔父さんどうしても行きたいところがあって、丈人くんを誘いたかったんだよ」と優しく語りかけた。

丈人は星を見るのが好きな子だった。六歳の誕生日に子供用の天体望遠鏡をプレゼントした時は大喜びで箱を開け、手際よく組み立てると夜空を見るためベランダのある二階に駆け上がっていった。短く刈り揃えられた頭が、まるで松茸の傘のように見えた。

「叔父さんはまだ松茸のこと、好きなの？」

出発から三十分ほど経った頃、隣の席で大人しく座っていた丈人が話しかけてきた。武雄の松茸好きは姉夫婦も丈人の前で噂にしているらしい。

「もちろん。叔父さんはあんなに美味しいものは他にないと思ってるんだ」

「ふうん」と言うと、丈人は車窓からの景色に目をやった。

猛スピードで流れていく景色を見ると不思議な気持ちになる。都市部を過ぎると一面に広がる田園。ミニチュアのようなトラクター。その脇を自転車で走るマフラー姿の学生たち。自分の知らない世界を感じさせてくれる時間を武雄は好んでいた。それは丈人も同じ気持ちだった。

上田駅に到着したのは正午前。いつもならまっすぐ松茸小屋に向かうところだが、今日は丈人と一緒だ。手近の店に入って、ランチを頼んだ。駅の周辺もすっかり冬の顔をしている。

「今日は丈人くんと歴史の勉強をしたいと思ってね」

「歴史の勉強?」

「うん。叔父さんはここに何度も来ているけど、大切なことを見ていなかったんだ。だから今から見にいこうと思ってる。丈人くんも手伝ってくれるかい?」

「手伝うって?」

「いいから、いいから」

食事を終えると、武雄たちはまず信濃国分寺三重塔へ電車で向かった。国分寺は「国やすらかに人たのしみ、災いをのぞき福いたる」という聖武天皇の勅願により奈良時代、日本の各国に創建された寺院。創建時の信濃国分寺は平将門の乱（天慶の乱）に巻き込まれて焼失し、現在の場所に建てられたと伝えられている。千三百年近い法灯を前に、丈人は目を輝かせた。

上田駅に戻り、別所線で次に向かったのは別所温泉。駅を出ると温泉場らしく硫黄の匂いが鼻腔をくすぐる。ここには鎌倉時代に開山した信州最古の禅寺、安楽寺がある。日本で唯一の八角形をした木造三重塔は長野県で一番早く国宝に指定されている。

「三重塔？　四重じゃないの？」

「そう見えるよね。かつては四重塔とされていたけど、いまは一番下の屋根は裳階（ひさし）と解釈されているんだ。だから三重塔なんだよ」

「へえ、そうなんだ！」

丈人の顔がちょっと興奮気味に赤らんだ。どうやら興味を持ってくれたようだ。続けてこのあたりは数多くの寺社が建てられ、僧侶たちにとって特別な場所だったことから「別所」と名付けられたんだよと言うと、さらに感心して深くうなずいた。

「三ヵ所目は今日の最後の目的地、生島足島神社だ」

別所温泉からタクシーで十分ほど走ると、池に囲まれた神社が現れた。時刻は午後四時をまわったところ。参拝を済ませて参道に向かうと既にカメラを手にした人がたくさんいた。

「何かあるの？」

「ここはね、一年のうちでこの冬至の日だけ見られる現象があるんだよ」

ほどなくして夕日が鳥居をくぐり参道の真ん中を通って落ちていく。

「うわあ、きれいだなあ」

天体観測が好きだった丈人が大きな声をあげた。

「実はね。今日参った三つの聖地は一本の直線上に位置するんだ」

「へえぇ！」。丈人は地図を見て驚いた。

日が完全に沈むまで、二人はその場を一歩も動かないまま感動していた。

一泊二日の旅の前半が終わった。夕食は帰り道に見つけた『碧』という名前のレストランでとることにした。丈人は子供らしくオムライスとハンバーグで散々迷った結果、オムライスを選んだ。この店は自家製のトマトケチャップが人気らしく、ウエイターも「おすすめですよ」と言葉を添えた。

料理が運ばれて来るまでの間、武雄は丈人にストレートに話を振ってみた。

「近頃元気がないって聞いたけど、何かあった？」

丈人は素直にうんと答えた。

「この前、ふたご座流星群を見たんだ」

ふたご座流星群は毎年十二月五日頃出現し、十二月十四日前後に極大を迎える年間三大流星群のひとつだ。

「すごくきれいだった。星がスーッと現れたと思うと消えていって。ずっと見ていたかったけど、ママが風邪をひくからって窓を閉めちゃった。いつもそうなんだ。僕、大きくなったら星を研究する仕事をしたいのに、そんな先のことより学校の勉強をしっかりしなさいとしか言わないんだ。そしたら何をすればいいかわからなくなって、僕、すごく不安になって……」

いまにも泣き出しそうな丈人の顔を見て、武雄も同じような時期があったことを思い出した。

「まあ、宇宙は広いからね。だったら、まずはひとつずつ取り組んでいくのはどうだい？例えば、僕たちに最も身近な星、太陽の光はなぜ暖かいのか、とか」

あっ、という顔をした。

「太陽の光に含まれる赤外線が物質に当たると、その物質を構成する分子が激しく振動して熱を発生する。電子レンジの理論と一緒だね。たぶん丈人くんが高校生になったら、この仕組みは授業でもっと詳しく習うから、いまのうちに理科の勉強をしっかりしておこうね」

「叔父さんすごい！」

「それから、ふたご座流星群の〝ふたご〟座という名前は、ギリシア神話に出てくる大神ゼウスとスパルタの王妃レダの間に生まれた双子の兄弟カストルとポルックスからきているんだ」

「そうなんだ！」

興味津々な丈人は武雄の言葉にしっかり耳を傾けた。

「丈人くんがこれから中学、高校で学ぶことは、きっと将来の夢の実現に役立つと思う」

ここでオムライスが二人前、テーブルに並べられた。会話の途中だったが、武雄は湯気のたった出来立ての料理をまず先に食べるよう丈人にうながした。「いただきます」と手を合わせて、二人はスプーンいっぱいのオムライスをほおばった。

「美味しい！」

「うん、びっくりした。これは美味しいね」

口元を真っ赤にして夢中でほおばる丈人に、武雄はそっと声をかけた。

「応援するよ」

その言葉を聞いて、丈人はとても安心した顔をした。姉さんも義兄さんも頭が堅いから、こんな話もできなかったんだろう。堰を切ったように丈人は星にまつわる話をし始めた。最初に興味を持ったのは月の満ち欠け。好きな星はベテルギウス。そして武雄がプレゼントした天体望遠鏡を今も大切に使っていること。

最後に、丈人は武雄にたずねた。

「どうして今日、僕を誘ってくれたの？」

「久しぶりに話がしたかったんだよ」

「僕の悩みを聞こうと思って？」

武雄は丈人の目をまっすぐ見つめた。そして何か気のきいたことを言おうと思い、メモとペンを取り出して「松茸」と書いた。

「この茸という字を見てごらん。くさかんむりに耳と書くだろう。これはね……」

むせるように丈人が笑った。

「叔父さん、本当に松茸が好きなんだね！」

「ああ、そうさ。叔父さんは松茸が好きだから、いろんなことに興味を持てたんだ。ということで、明日は叔父さんの大好きな松茸三昧に付き合ってもらうぞ」
「うーん、僕は明日もここのオムライスがいいなあ」と丈人はおどけて返した。どうやら太陽の恵みをたっぷり浴びた甘いトマトのケチャップの味がいたく気に入ったらしい。確かに『碧』のオムライスは美味しかった。

丈人に上田を好きになってもらいたい。そのために自分ももっと上田を知りたい。

ホテルに向かう道中、オリオン座が輝く夜空を見上げながら、来年の夏至の日に再びここに戻ってこようねと二人は指切りで約束した。

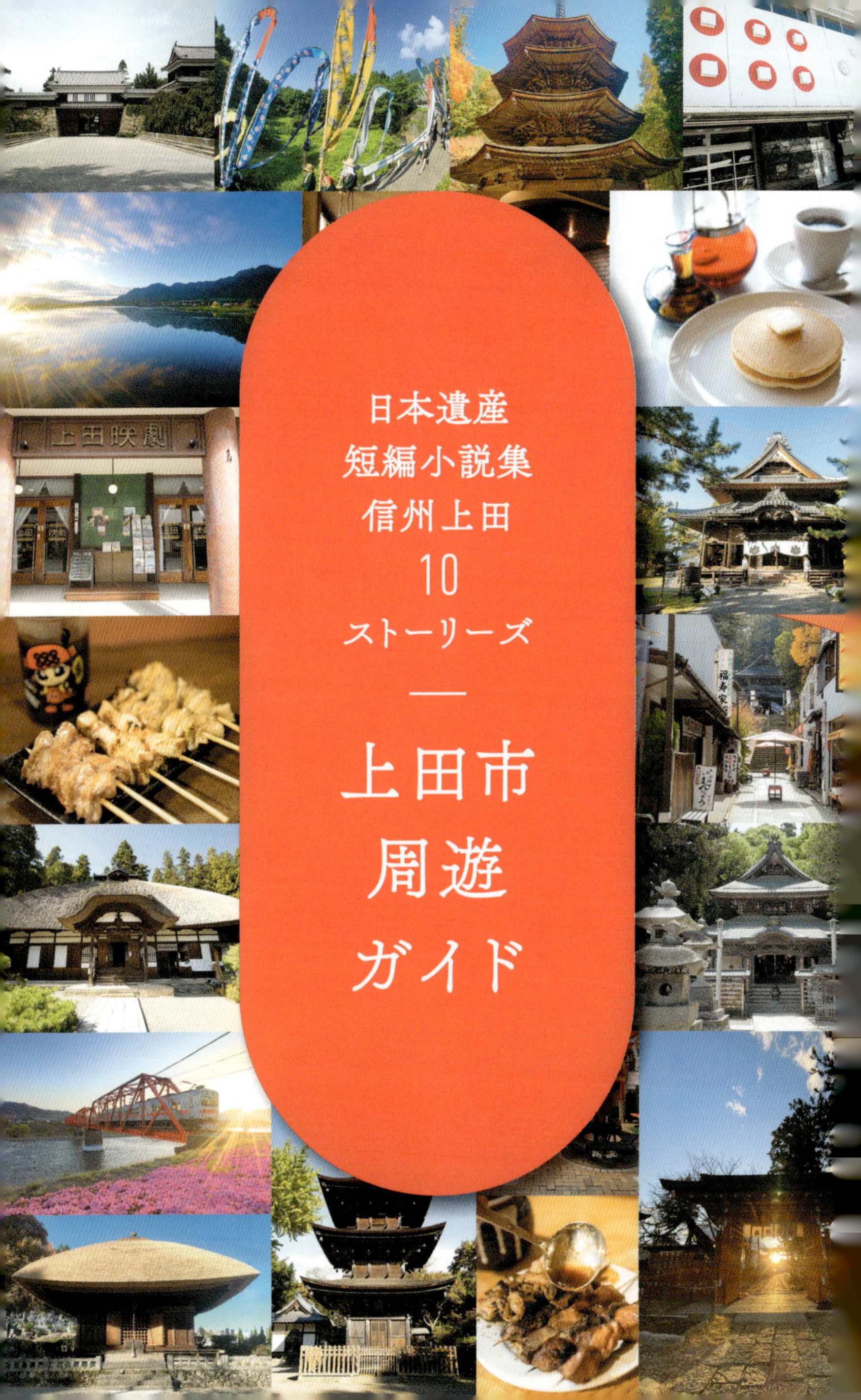

日本遺産
短編小説集
信州上田
10
ストーリーズ

—

上田市
周遊
ガイド

信州上田・塩田平 全体MAP

日本遺産 太陽と大地の聖地

上田菅平 IC
18
144
152
上田駅
城下駅
三好町駅
坂上駅
信濃国分寺
信濃
国分寺駅
レイライン
「大日如来・太陽」を安置する「信濃国分寺」、「国土・大地」を御神体とする「生島足島神社」、信州最古の温泉といわれる「別所温泉」を結ぶ１本の直線。
夏至と冬至に生島足島神社の鳥居の中央を通り抜ける、神々しくぬくもりのある太陽の光の線。
２つのレイラインが重なる神秘がここに。

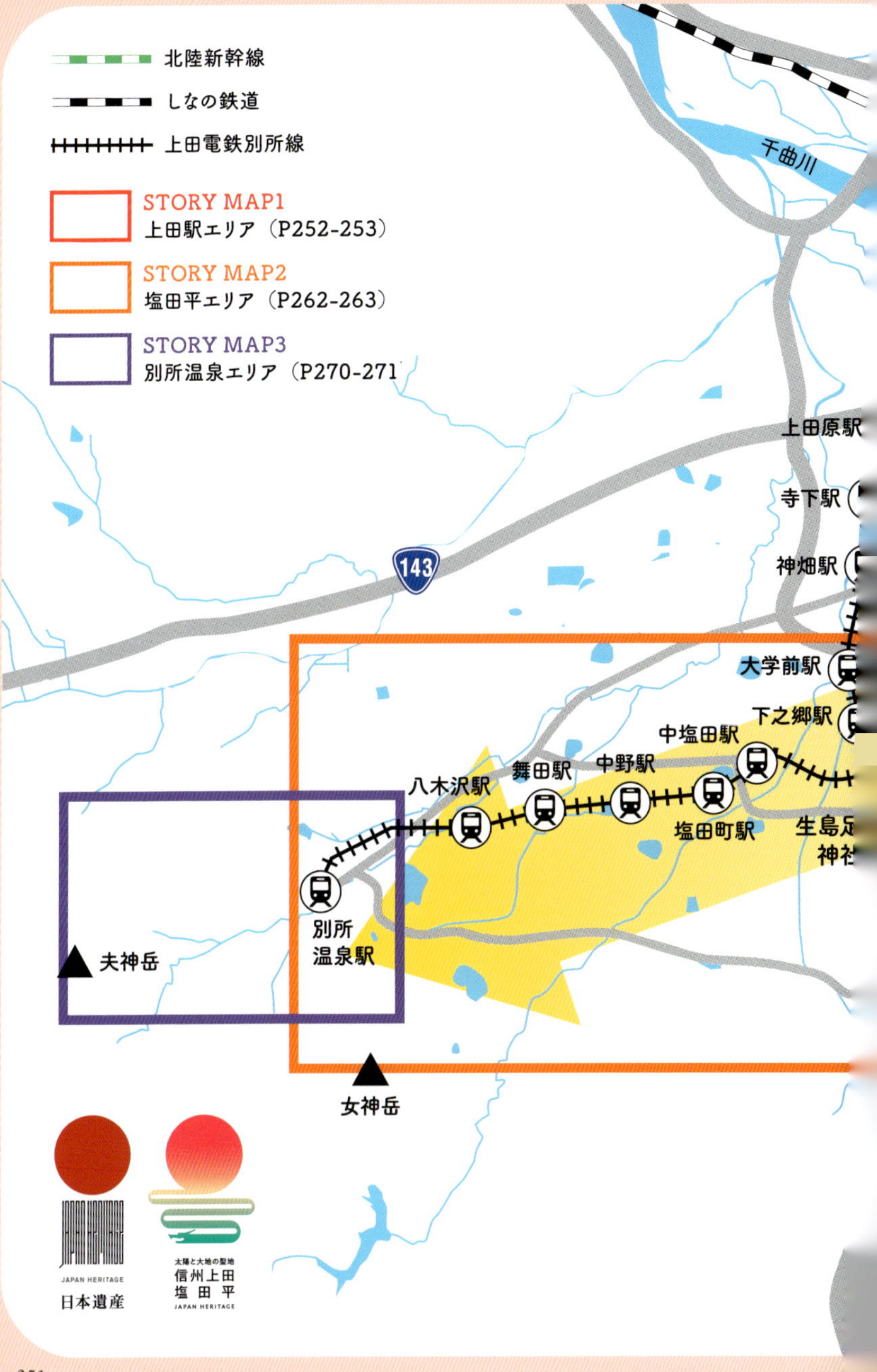
北陸新幹線
しなの鉄道
上田電鉄別所線
STORY MAP1
上田駅エリア（P252-253）
STORY MAP2
塩田平エリア（P262-263）
STORY MAP3
別所温泉エリア（P270-271
千曲川
上田原駅
寺下駅
神畑駅
143
大学前駅
下之郷駅
中塩田駅
中野駅
舞田駅
八木沢駅
塩田町駅
別所
温泉駅
夫神岳
女神岳
JAPAN HERITAGE
日本遺産
太陽と大地の聖地
信州上田
塩田平
JAPAN HERITAGE

STORY MAP 1 上田駅エリア

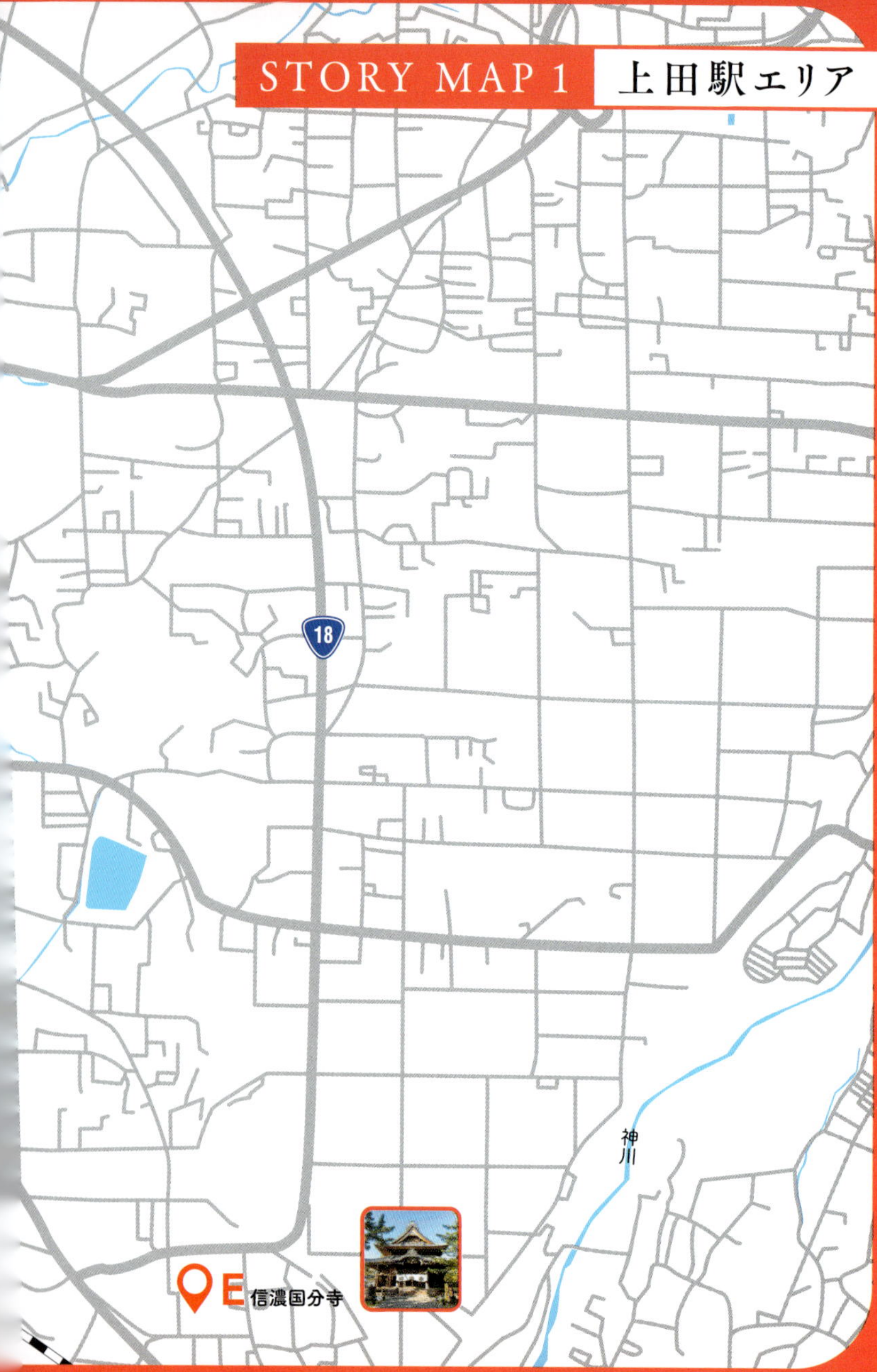

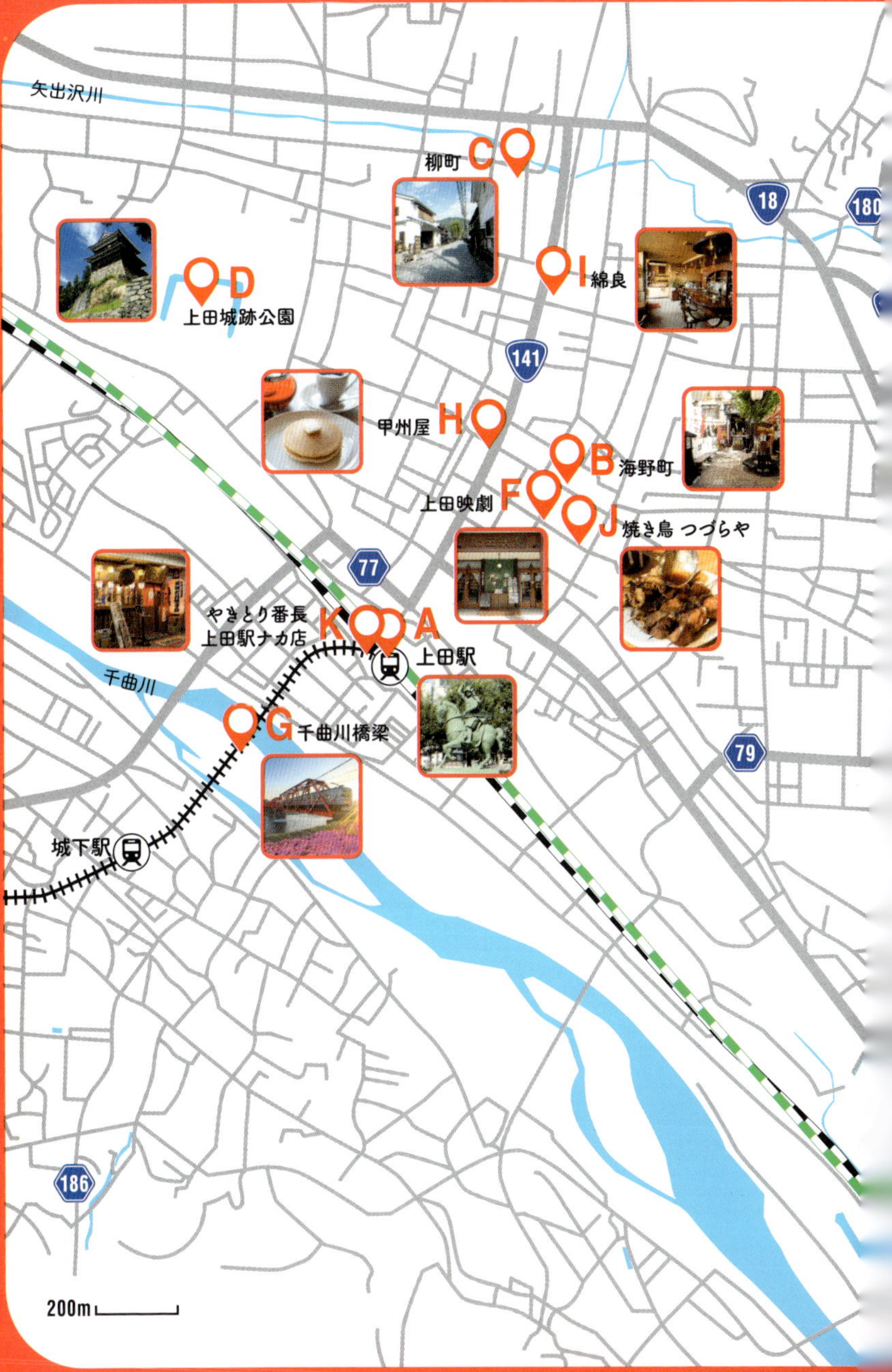

矢出沢川
柳町
C
D
上田城跡公園
I
綿良
18
180
141
甲州屋
H
B
海野町
F
上田映劇
J
焼き鳥 つづらや
77
やきとり番長
上田駅ナカ店
K
A
上田駅
千曲川
G
千曲川橋梁
79
城下駅
186
200m

上田駅

◉うえだえき

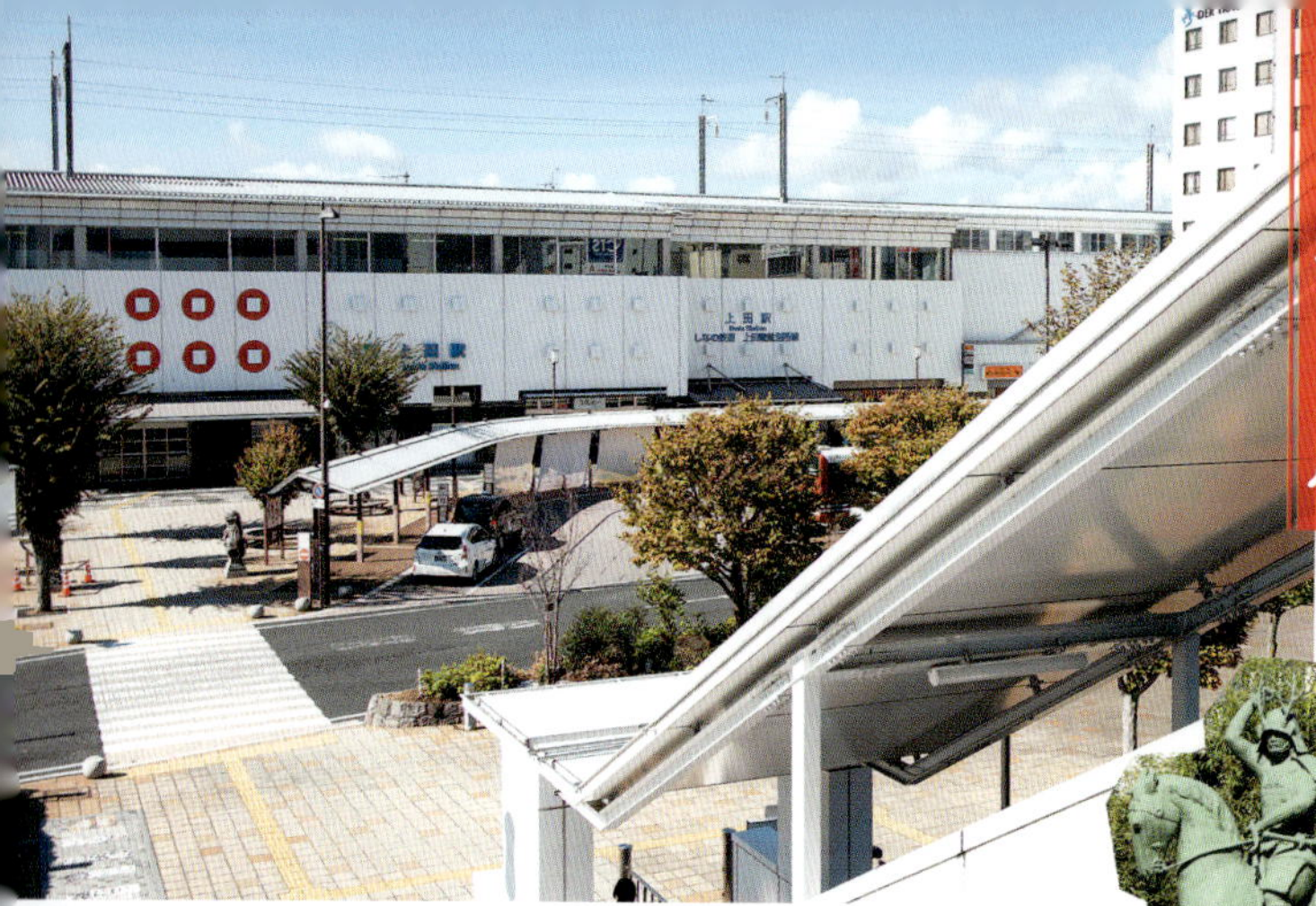

（左）駅舎には真田家の家紋として知られる「六文銭」をデザインした照明があしらわれている。
（中／右）大水車や真田幸村の騎馬像などがある駅前のお城口広場。

長野県東部に位置する上田市の玄関口

豊かな自然と歴史ある文化遺産が数多く残り、戦国時代に名を馳せた真田一族ゆかりの地としても知られる上田市。その玄関口である上田駅は、北陸新幹線、しなの鉄道、上田電鉄の3路線が乗り入れる。市街地側へとつながる「お城口」には広場が整備され、真田幸村像や大水車などが訪れた人を出迎えてくれる。

DATA

住所●上田市天神1-1-1　MAP1Ⓐ　登場する小説●3春休み　4想い出　6グランパ　9円盤　10松茸

真田十勇士のモニュメントを探してみよう！

お城口から市街地方面の一帯には、「真田十勇士」のモニュメントが点在。猿飛佐助、霧隠才蔵など、10体を探しながら、上田の街を散策してみよう。

霧隠才蔵

猿飛佐助

海野町《うんのまち》

レトロな雰囲気が漂う商店街

真田昌幸が上田城築城に際し、海野郷（現在の東御市本海野）から住人を移住させたのが起源。江戸時代には北国街道上田宿の宿場として栄えた。上田市で唯一アーケードのある商店街で、レトロな雰囲気の建物も多い。

（上）商店街にある高市神社。「運の石」をなでると御利益があると言われる。（下）柳沢家が務めた上田宿の本陣・問屋跡を示す碑。

DATA
住所●上田市中央2丁目
MAP1Ⓑ
登場する小説●1五尺七寸
4想い出　9円盤

柳町・紺屋町《やなぎまち・こんやまち》

北国街道沿いの歴史風情ある街並

柳町は参勤交代や善光寺詣でなど、多くの人が利用した北国街道沿いの宿場町。石畳や白壁など江戸の面影が今も残る街並には、造り酒屋やベーカリー、喫茶店、ご当地スイーツのお店などが軒を連ね、散策にもぴったり。

柳町からほど近い紺屋町も、真田昌幸が海野郷から紺屋（染物屋）を移して作った歴史ある町。公会堂など雰囲気のある建物も。

DATA
住所●上田市中央西4丁目
MAP1Ⓒ　登場する小説●
1五尺七寸　4想い出

上田城跡公園

◉うえだじょうせきこうえん

(上)東虎口櫓門。(右から)尼ヶ淵から見た南櫓・西櫓。/上田市立博物館。
櫓門、北・南櫓の内部、市立博物館は見学可能。時間9:00〜17:00/水曜日・祝日の翌日は休館(櫓は11月中旬〜3月冬期休館)

(上)二の丸橋の下の堀跡はケヤキ並木の遊歩道に。美しい紅葉が楽しめる。(下)上田城本丸跡に鎮座する眞田神社。

徳川軍を二度にわたり撃退した難攻不落の名城

1583年に真田昌幸が築いた平城。第一次、第二次上田合戦で徳川の大軍を撃退し、真田の名を天下にとどろかせた。現在は櫓や櫓門、石垣など城を思わせる見どころのほか、桜や紅葉など四季の美しさも堪能できる。真田家ゆかりの資料などが収蔵された上田市立博物館、歴代城主をまつる眞田神社も人気のスポット。

DATA

住所●上田市二の丸6263-イ　MAP1Ⓓ　TEL●0268-23-5408(上田市観光シティプロモーション課)
登場する小説●3春休み　4想い出　6グランパ　9円盤

信濃国分寺《しなのこくぶんじ》

(右から) 三重塔。鎌倉時代に源頼朝が復興を命じたと伝わる。安楽寺八角三重塔と同様に大日如来が安置され、レイラインの発着点の象徴としても考えられる。／江戸末期に竣工した本堂 (薬師堂) は鳳凰や龍の彫刻が見事。

撮影:e05b301e

レイラインの起点となる信濃の国の鎮国道場

聖武天皇の741年の勅願により、信濃の国の鎮国道場として創建された。当時は現在の場所から300メートルほど南の位置にあったが、938年に承平の乱で焼失したと伝えられ、平安末～鎌倉期に現在の場所へ再建。境内にある三重塔は現存する国分寺の塔の中で最も古い。1月7日・8日の八日堂縁日は、厄除けのお守り「蘇民将来符」を求める多くの人で賑わう。ハスの名所としても知られる。

DATA

住所●上田市国分1049　MAP1Ⓔ　TEL●0268-24-1388
登場する小説●1五尺七寸　2忍び　5神と仏　8カッパ　10松茸

上田映劇

◉うえだえいげき

（右から）レトロな内装が温かいムードを醸し出すロビー。／劇場としてオープンし、もともと舞台を完備。1995年にライブや演劇ができるように改装された。開場当時の帝国劇場と同じつくりの格天井が圧巻。

ロケ地としても知られる歴史ある文化の拠点

近年、上田市では多数の作品の撮影が行われ、「映画の街」として注目を集めている。1917年に「上田劇場」として創業した上田映劇は、一時は定期上映を終了していたが、ロケ地としてさまざまな作品に登場するなど、映画の街のシンボルとして復活し、定期上映も再開。開館当時から残る格天井などレトロな雰囲気は多くのファンに親しまれ、文化の拠点となっている。

DATA

住所●上田市中央2-12-30　MAP1Ⓕ　TEL●0268-22-0269　時間●9:30～最終上映終了まで
定休●月（祝日の場合は営業）　登場する小説●4想い出　9円盤

千曲川橋梁《ちくまがわきょうりょう》

上田電鉄別所線の車窓から見える赤い鉄橋の眺めも美しい。

千曲川に架かる上田電鉄別所線のシンボル

上田駅と別所温泉を結ぶ上田電鉄別所線。千曲川に架かる赤いトラス橋の千曲川橋梁は、1924年に完成した上田電鉄別所線のシンボル的存在。電車が鉄橋を走り抜ける姿は、郷愁を誘う風景として愛されている。2019年、令和元年東日本台風によって甚大な被害を受け、橋が崩落。従来の部材をできる限り再利用し2021年に無事復旧を遂げた。

DATA

住所●上田市天神4-19-12　MAP1Ⓖ　登場する小説●4想い出

グルメ

老舗喫茶店

昔懐かしい風景が随所に残る上田の市街地には、レトロな雰囲気の喫茶店も点在。街歩きや観光の合間に、くつろぎの時間を過ごしてみては。

創業当時からの空間が楽しめる王道の純喫茶

上田駅のお城口から真っ直ぐ伸びる通りを進んだ先の交差点にたたずむ、1963年開業の老舗喫茶店。ソファー、テーブル、照明などレトロ感あふれる店内は懐かしさでいっぱい。ホットケーキ、クリームソーダといった王道メニューや、自家製ソースのピザトーストなど、ぜひ味わって。

甲州屋（こうしゅうや）

DATA

住所●上田市中央2-2-14 甲州屋ビル1F
MAP1Ⓗ　TEL●0268-22-0001
時間●10:00頃～18:00頃　定休●火曜日
登場する小説●3春休み　4想い出

サイフォンで入れた絶品のコーヒーが味わえる

オーナーが学生時代に東京・銀座のパフェ専門店で働いて覚えたコーヒーの入れ方を、実家のカルチャースクールの1階に開業した喫茶店で再現。1981年のオープン以来40年以上、サイフォンで丁寧に入れたコーヒーを提供している。朝早くからいただけるモーニングセットも人気。

綿良（わたりょう）

DATA

住所●上田市中央3-6-2　MAP1Ⓘ
TEL●0268-22-0129
時間●7:00～16:00頃
定休●日曜日・祝日

グルメ

美味だれ焼き鳥

ニンニク醤油だれを、焼き鳥にかけて食べるご当地グルメ。さまざまなお店の味から、お気に入りを探してみて。

発祥の味を受け継ぐアットホームな老舗

美味だれを考案したと言われる鳥正の初代店主の息子さんが、伝統の味を引き継いでいる。基本のレシピを継承しつつ、時代に合わせて食べやすい味に少しアレンジ。焼きたての焼き鳥に自分で美味だれをかけていただくスタイル。地元住民からも人気のお店で、リーズナブルな価格も魅力。

焼き鳥 つづらや

DATA
住所● 上田市中央2-12-25　MAP1 Ⓙ
TEL● 0268-25-1248
時間● 17:00～22:00　定休● 日曜日・祝日
登場する小説● 6グランパ

駅ナカで気軽に美味だれが味わえる

上田駅の上田電鉄別所線改札前にあるカウンターのみの店舗で、時間のないときにも気軽に立ち寄れるのが魅力。コップに入った美味だれに焼き鳥をつける昔ながらのスタイルが楽しめる。上田市にある6つの酒蔵の日本酒飲み比べやクラフトビールの飲み比べなど、ドリンクも充実。

やきとり番長 上田駅ナカ店

DATA
住所● 上田市天神1-1　MAP1 Ⓚ
TEL● 0268-26-1881
時間● 平日17:00～23:00／土曜日15:00～23:30／日曜日15:00～22:00　定休● 不定休
登場する小説● 6グランパ

STORY MAP 2 塩田平エリア

塩吹池
共有池
上平池
中野
舞田駅
上田電鉄別所線
中野
前池
幕宮池
八木沢駅
湯川
177
山田池
別所温泉駅
82
荒池
山田新池
H 松茸山 別所和苑
B
舌喰池
I 塩田の里交流館
とっこ館
上一池
竜王下池
不動池
信州塩田平
松茸山 美し園
G
塩野池
E 中禅寺
500m

生島足島神社

◉いくしまたるしまじんじゃ

撮影：岡田光司

(上から) 神池にかかる御神橋。／夏至には大鳥居の中央から朝日が昇る神々しい光景が眺められる。

(右) 冬至には西の鳥居の中央に夕日が沈む。

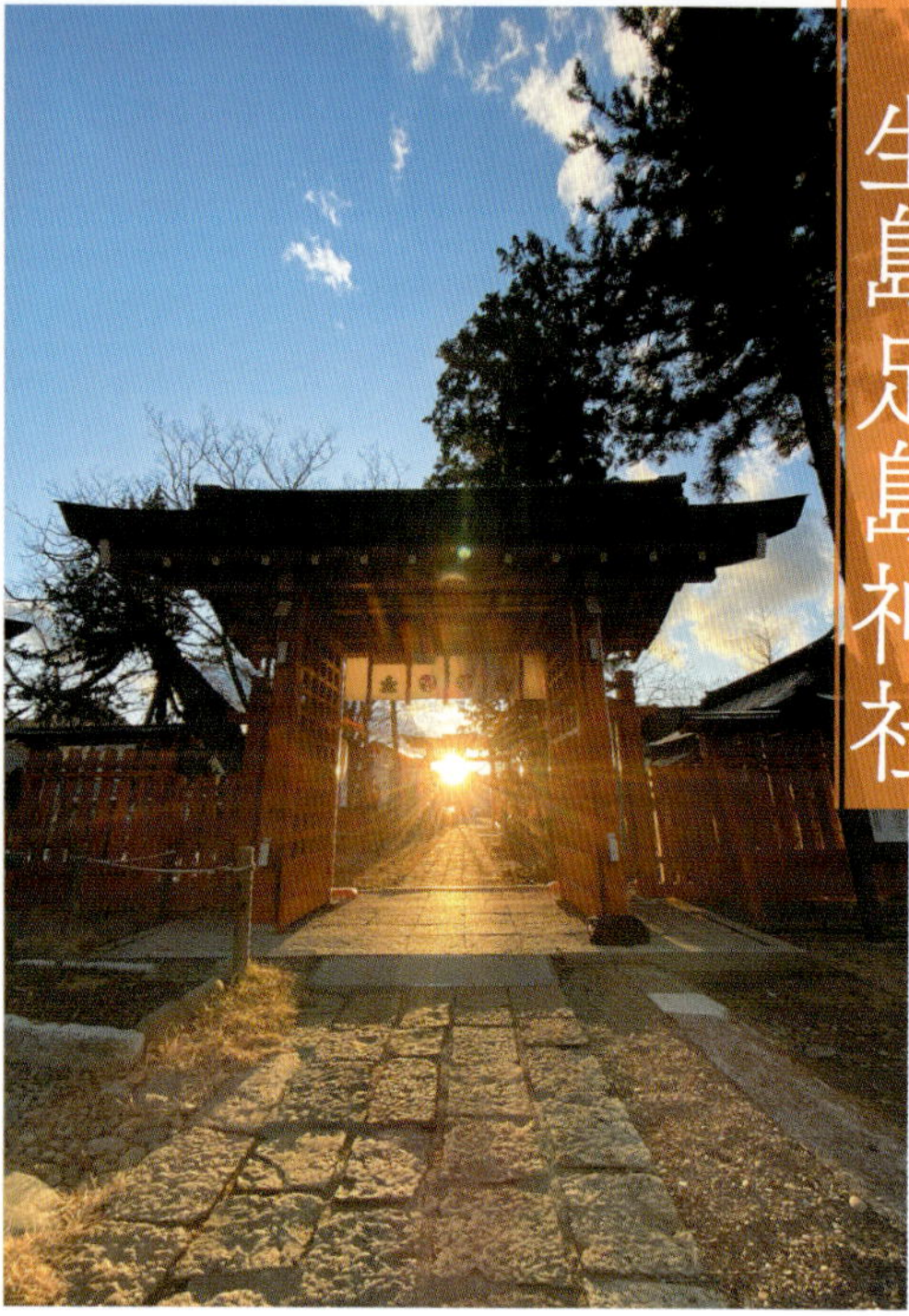

レイラインの中心をなす 太陽と大地を結ぶ神社

平安時代初期の法典『延喜式』にも記されている信濃屈指の古社。大地・国土の御神霊、生島大神と足島大神の二柱がまつられている。レイライン上に位置し、太陽が夏至には東の鳥居から昇り、冬至には西の鳥居に沈む神秘的な光景を見ることができる。また社殿は池に囲まれた島に建ち、二神をまつる本殿（内殿）には床板がなく、大地そのものを御神体としてまつる。まさに太陽と大地を結ぶ神社に相応しい姿を現している。

DATA

住所● 上田市下之郷中池西701　MAP2Ⓐ　TEL● 0268-38-2755
登場する小説● 1五尺七寸　2忍び　4想い出　5神と仏　6グランパ　7シン説　8カッパ　10松茸

塩田平ため池群《しおだだいらためいけぐん》

舌喰池《したくいいけ》 撮影:岡田光司

泥宮《とろみや》

上窪池というため池のほとりにあるお宮。生島足島神社と同様に泥（大地）を御神体とし、やはりレイライン上に位置する。

DATA 住所●上田市本郷 MAP2Ⓓ 登場する小説●8カッパ

甲田池《こうだいけ》

雨の少ない塩田の生活を支える、数多くのため池

年間降水量が約900ミリと、雨の少ない塩田平。一方、晴天が多く土地は肥沃で、水さえ確保できれば米作りには最適だったため、古くからため池が作られ、水田が発達してきた。池にまつわる民話も多く、池の改修で人柱に選ばれた娘が不運を嘆いて舌を食い切り、身を投げたという舌喰池、いたずら好きのカッパを助けた村人の家にはお祝い事があればきれいなお膳が届き、そのお膳を隠した隣人は不幸になったという甲田池など、さまざまな話が伝わる。現在も100以上のため池が残り、遊歩道が整備されているところもあるので、散策にもオススメ。

DATA
〈舌喰池〉住所●上田市手塚 MAP2Ⓑ 登場する小説●2忍び 7シン説 9円盤
〈甲田池〉住所●上田市十人 MAP2Ⓒ 登場する小説●2忍び 8カッパ

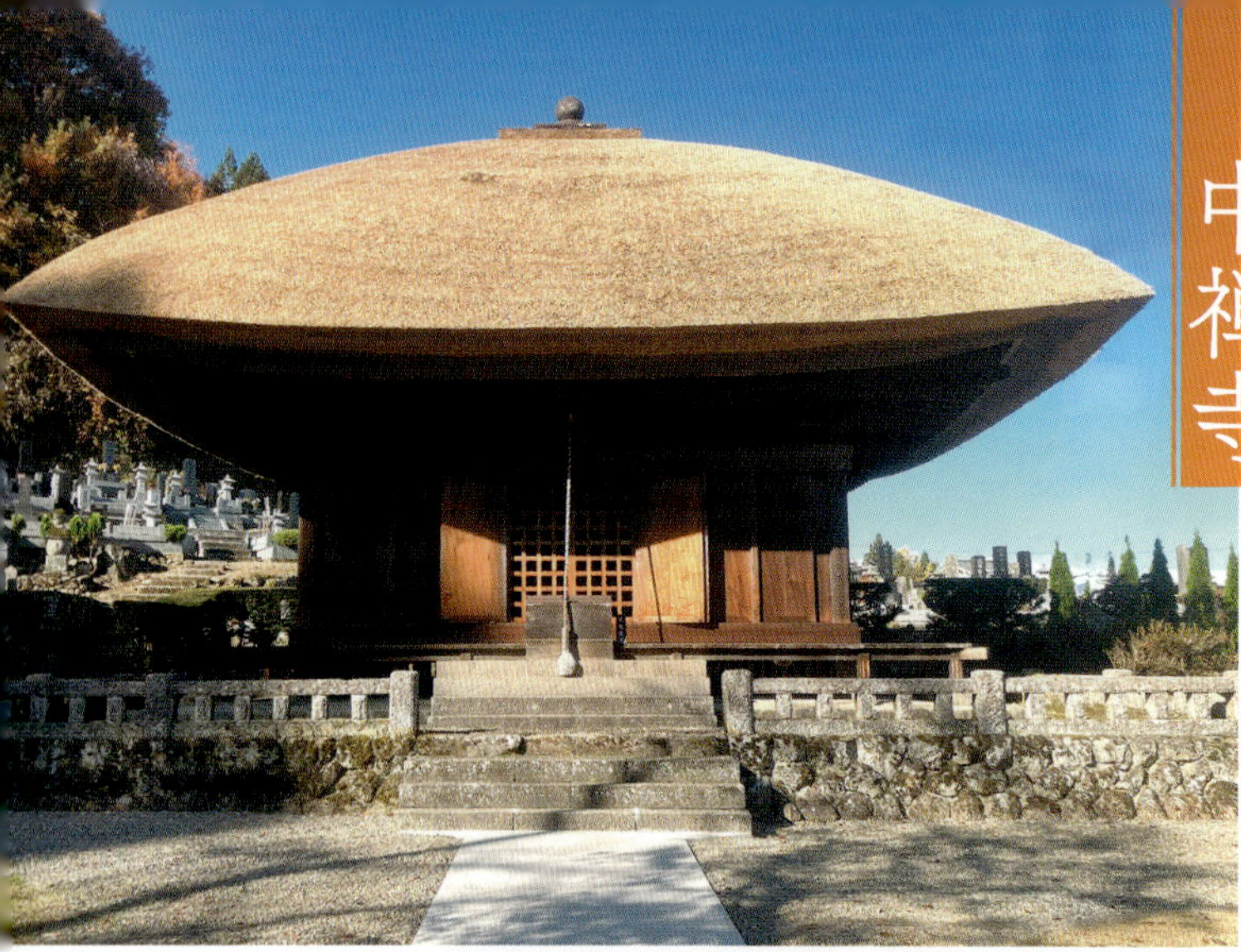

中禅寺

ちゅうぜんじ

（上）歴史を感じる茅葺屋根の薬師堂。／（右から）現在の本堂は江戸中期に建立されたもの。／薬師堂仁王門には木造の金剛力士像が安置されている。／（下）薬師堂の薬師如来坐像。脇の十二神将は一体のみ現存している。

中部最古の木造建築物、薬師堂を有する古刹

独鈷山のふもとにあり、弘法大師空海が干ばつに苦しむ人々を救うために雨乞いしたのが始まりと伝わる。薬師堂は約800年前、鎌倉時代初期の建築物と推定され、中部最古の木造建築物。茅葺の屋根は真上から眺めると正方形に見える「宝形造」と呼ばれるつくりで、素朴な雰囲気を醸し出す。中央に安置されている薬師如来、十二神将とともに国の重要文化財に指定。ほかにも平安末期の作と推定される金剛力士像など貴重な文化財が残る。

DATA

住所●上田市前山1721　MAP2Ⓔ　TEL●0268-38-4538　時間●9:00～16:00

前山寺

◉ぜんさんじ

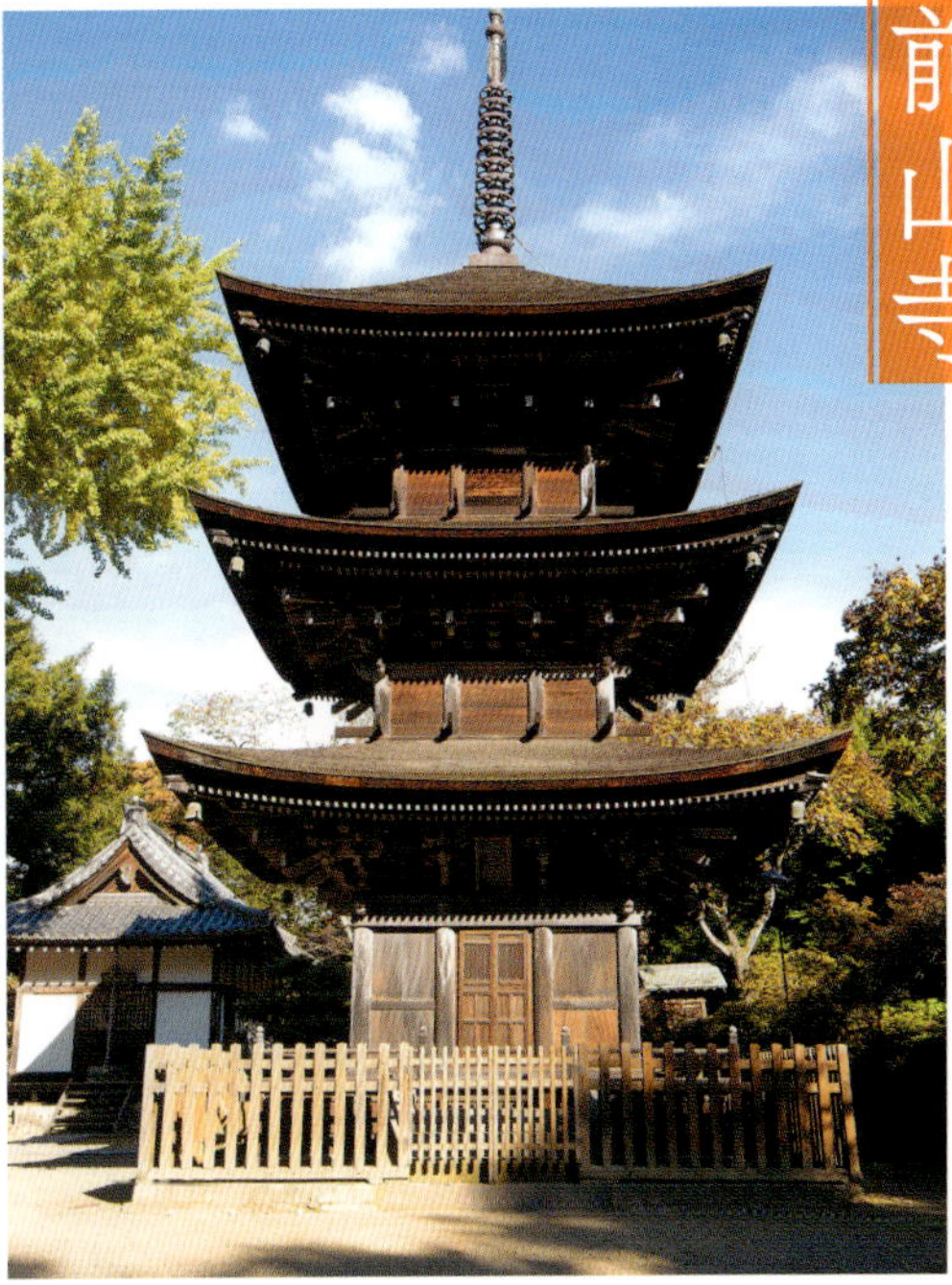

（上から）本堂の御本尊は金剛界大日如来。／江戸中期の創建と推定され、国指定の登録有形文化財である本堂は木造茅葺。／結界を意味する冠木門（かぶきもん）。門から続く参道の両側に六地蔵尊がまつられる。／（右）「未完成の完成塔」とたたえられる三重塔。

四季の花々や紅葉が美しい自然あふれる「花の寺」

梅、桜、藤、牡丹、紅葉などが境内を彩り、花の寺としても知られる独鈷山麓にある名刹。弘法大師空海が開き、鎌倉時代に長秀上人が発展させたと伝わる。国の重要文化財に指定されている三重塔は、室町時代の建立と推定される。二層目と三層目に勾欄がないものの、その造形美から「未完成の完成塔」と呼ばれる。

塩田平の景色を眺めながらいただける名物の「くるみおはぎ」も参拝者の人気を集めている（要予約／冬期休業）。

DATA

住所● 上田市前山300　MAP2 F　TEL● 0268-38-2855　時間● 9:00 ～ 16:00

グルメ

松茸小屋

塩田平エリアは秋の味覚の王様、松茸の産地。秋には各所に松茸小屋がオープンする。自然に囲まれながら、松茸のコース料理を堪能しよう。

趣ある館でいただく絶品の松茸料理

2024年に移転オープンした「旧塩田の館」は、かつて蚕糸業で栄えた“蚕都上田”をイメージした養蚕農家風の建物。中禅寺や前山寺にも近く、日本遺産を訪ねる拠点としても絶好のロケーションで、塩田平を一望できる景観も圧巻。デザート以外はすべて松茸づくしというコース料理が人気。

信州塩田平 松茸山 美し園

DATA

住所●上田市前山554-12（旧塩田の館）MAP2Ⓖ TEL●0268-38-1500
時間●11:30～14:00（9月下旬～11月上旬の秋季限定営業／完全予約制） 登場する小説●10松茸

松林が広がる女神岳の山腹にある松茸小屋

塩田平で初めて松茸小屋を開いた元祖・城山園を引き継ぎ、約50年にわたり標高650メートルの山腹で営業する松茸小屋。周囲は松林に囲まれ、眼下に塩田平、さらに上田市の中心地まで見渡せる。できる限り信州産の食材を使用し、充実した松茸料理のコースがいただける。

松茸山 別所和苑

DATA

住所●上田市別所温泉字城山241 MAP2Ⓗ
TEL●0268-38-8182 時間●11:00～15:00／17:00～20:00（9月上旬～11月中旬の秋季限定営業）
登場する小説●10松茸

撮影:y_umi_n611

うっすらと雪化粧した独鈷山。四季折々の美しい姿から、地元の人々にも広く愛されている。

DATA
登場する小説● 7シン説

撮影:岡田光司

ちがい石

◉ちがいいし

日本で唯一産出される不思議な鉱物

切り立つ峰の連続する姿が印象的な独鈷山（とっこさん）。その支峰である弘法山とその周辺でしか産出されない鉱物が「ちがい石」。石英安山岩が風化し、その斑晶である斜長石が抜け落ちたもので、2つの結晶が「X」の形に重なり合って見えるため、ちがい石と呼ばれる。独鈷山は、弘法大師が仏具の独鈷を埋めたというのがその名の由来。弘法大師がちがい石を村人に渡し、「大切にすれば災難から免れさせる」と言ったことから「誓い石」とも呼ばれる。

塩田の里交流館 とっこ館

DATA 住所●上田市手塚792　MAP2❶
TEL● 0268-39-7250　時間● 9:00～17:00
定休●水曜日（祝日の場合は翌日）

実物を見てみよう！

上田市の天然記念物に指定されている貴重なちがい石。実物を見るなら、塩田の歴史や文化を紹介している「とっこ館」へ。塩田平のため池のことなども学ぶことができる。

STORY MAP 3 別所温泉エリア

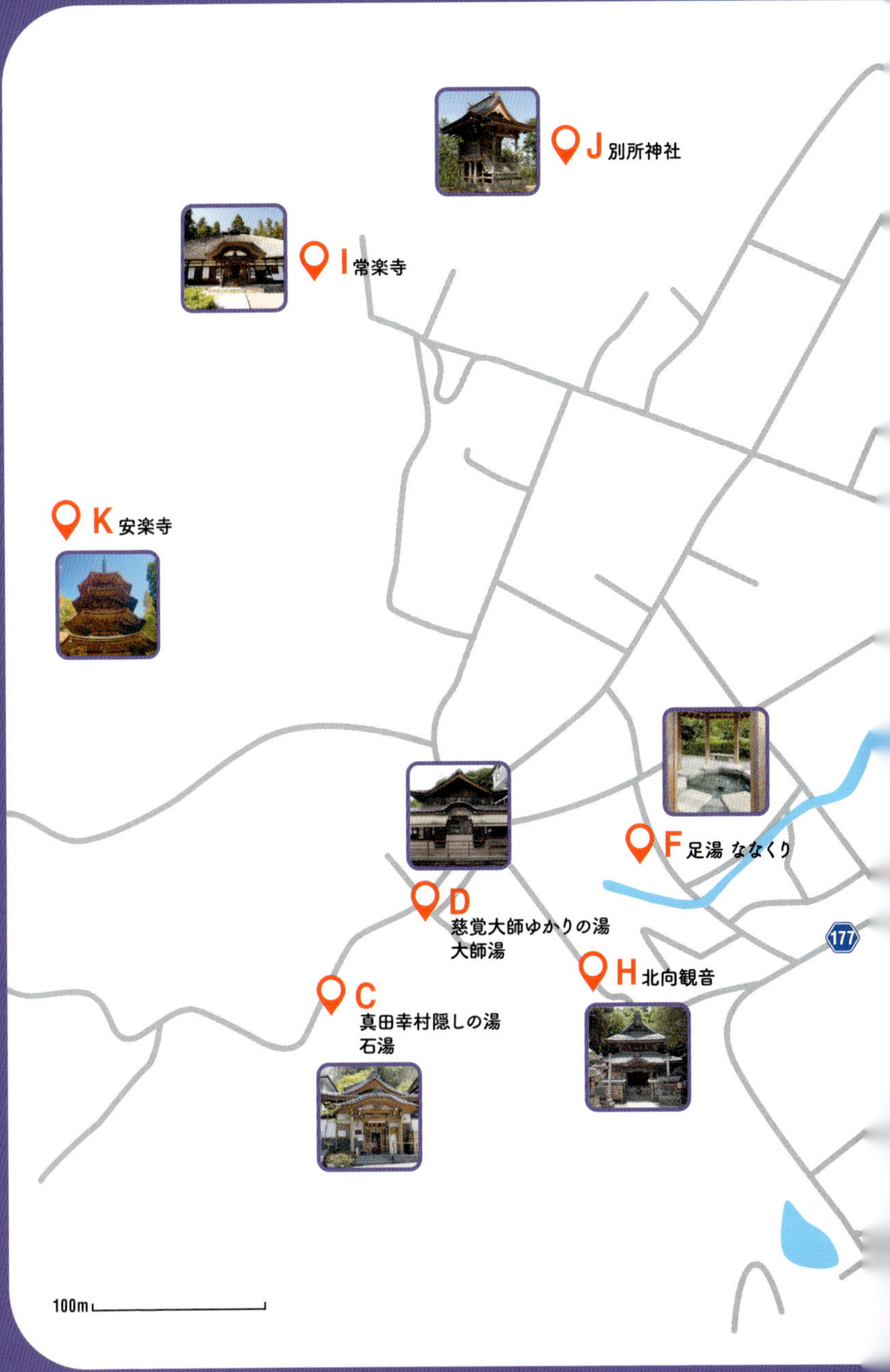
J 別所神社
I 常楽寺
K 安楽寺
F 足湯 ななくり
D
慈覚大師ゆかりの湯
大師湯
177
H 北向観音
C
真田幸村隠しの湯
石湯
100m

別所温泉

◉べっしょおんせん

貴重な文化財が数多く残る、信州最古の温泉地

　景行天皇の時代に発見されたと言われ、1500年以上の歴史がある信州最古の温泉・別所温泉。泉質は弱アルカリ性で、皮脂を溶かして古い角質層を軟化させ、肌をなめらかにする「美人の湯」として知られる。寺院など歴史的建造物や文化財が多く残り、温泉街も北向観音を中心に栄え、その参道には土産店や飲食店が立ち並ぶ。別所温泉は信濃国分寺を起点とするレイラインの終着点。散歩コースも整備されているので、貴重な神社仏閣を訪ねたり、外湯や足湯をめぐって名湯に癒やされたり、歴史ロマンあふれる温泉街のさまざまな魅力を堪能しよう。

DATA

登場する小説● 1五尺七寸　2忍びと瑠璃　3春休み　8カッパ　9円盤　10松茸

将軍塚《しょうぐんづか》

　平安中期の武将、平維茂の墓と言われる。富豪の家を襲う鬼女紅葉を討伐したものの亡くなったという伝説がある。

DATA MAP3Ⓐ

登場する小説● 1五尺七寸

上田電鉄別所線の終着駅が別所温泉駅。明るい色のレトロな駅舎が郷愁を誘う。

あいそめの湯

　広々とした洗い場、内湯はもちろん、上田市街を眺望できる露天風呂、岩盤浴、休憩スペースなども併設された日帰り温泉施設。ご飯ものや麺類、定食など幅広いメニューが充実した食事処も人気。

DATA
住所● 上田市別所温泉58　MAP3Ⓑ
TEL● 0268-38-2100　時間● 10:00 ～ 22:00
定休● 第2・第4月曜（祝日の場合は翌日）

外湯＆足湯を楽しもう！

別所温泉には3つの外湯（共同浴場）があり、それぞれ入浴料は250円。
無料で楽しめる足湯も2カ所あるので、旅の疲れをリフレッシュしよう。

木曽義仲ゆかり葵の湯 大湯

DATA 住所● 上田市別所温泉215-1　MAP3Ⓔ
TEL● 0268-38-0245
時間● 6:00 ～ 22:00
定休● 水曜日

慈覚大師ゆかりの湯 大師湯

DATA 住所● 上田市別所温泉1652-1　MAP3Ⓓ
TEL● 0268-38-0244
時間● 6:00 ～ 22:00
定休● 木曜日

真田幸村隠しの湯 石湯

DATA 住所● 上田市別所温泉1641　MAP3Ⓒ
TEL● 0268-38-0243
時間● 6:00 ～ 22:00
定休● 火曜日

足湯 大湯薬師の湯

DATA
住所● 上田市別所温泉142　MAP3Ⓖ
時間● 6:00 ～ 21:00
（12月～ 3月は冬期休業）

足湯 ななくり

DATA
住所● 上田市別所温泉1720-2　MAP3Ⓕ
時間● 6:00 ～ 21:00
（11月～ 2月は9:00 ～ 18:00）

北向観音

◉きたむきかんのん

（上）本堂の千手観音は厄除け観音として有名。／（右から）温泉薬師瑠璃殿。行基菩薩の創建、慈覚大師の再建と伝わり、以前は現在の大師湯の隣りにあったという。／「愛染かつら」と親しまれる、樹齢1200年と伝わる霊木。

珍しい北向きの本堂で現世の御利益を願う

平安時代初期の825年に開創された霊場。温泉街の中心に位置し、古くから信仰を集めている。本堂が北を向いて建立されているのは全国的にも珍しく、南向きに建てられた長野市の善光寺と向かい合う。千手観音を御本尊とする北向観音は現世、阿弥陀如来を御本尊とする善光寺は来世への御利益があるとされ、両詣りすると良いと言われる。境内には、何度も映画化、ドラマ化された川口松太郎の小説「愛染かつら」のモデルとなった桂の霊木や、温泉薬師信仰に由来するという崖にかけて建てられた温泉薬師瑠璃殿など見どころも数多く、じっくり回りたい。

DATA

住所●上田市別所温泉1656　MAP3Ⓗ　TEL●0268-38-2023　時間●7:00～16:00
登場する小説●2忍び　8カッパ　9円盤

常楽寺

◉じょうらくじ

（上）茅葺屋根の見事な本堂。／（右から）石造多宝塔。鎌倉時代の建造で国の重要文化財に指定されている。安山岩でできており、3m弱の高さがある。／御船の松。樹齢350年と言われ、少し離れて眺めると宝船の形に見える。

825年に建立された北向観音の本坊

北向観音と同じく825年に、長楽寺、安楽寺と並ぶ三楽寺のひとつとして建立。鎌倉時代には、この三楽寺や塩田平の中禅寺、前山寺などに多くの若い僧たちが集まって仏教を学び、「信州の学海」と呼ばれた。北向観音は、もともとは長楽寺を本坊としていたが、焼失した後は常楽寺を本坊としている。本堂は寄棟造、茅葺の建築で、堂内には当時のままの色彩が美しい格天井が残る。御本尊は、妙観察智弥陀《みょうかんざっちみだ》如来《にょらい》という、全国的にも珍しい宝冠をいただく阿弥陀如来。境内の本堂背後には、北向観音の出現霊地に建てられた石造多宝塔がある。

DATA

住所●上田市別所温泉2347　MAP3❶　TEL●0268-37-1234　時間●8:00～16:00
登場する小説●1五尺七寸　8カッパ　9円盤

別所神社

◉べっしょじんじゃ

（上）本殿に施された彫刻。末野一族の見事な腕前が間近に見られる。／（中・下）拝殿の脇にある神楽殿。広々とした舞台からは塩田平を一望できる。

上田房山の末野一族による華やかな彫刻が印象的

小高い丘にあり、塩田平、浅間連峰まで見渡せる眺望も見事な産土神。紀州の熊野本宮大社から分祀されたと言われ、「熊野社」と呼ばれていたが、1878年に「別所神社」と改めた。本殿は1788年のものと考えられ、一間社隅木入春日造（いっけんしゃすみきいりかすがづくり）でつくられている。安楽寺の山門など、塩田平に多くの優れた寺社建築物を残した上田房山の末野一族の手によるもので、建物を飾る華やかな彫刻は一見の価値あり。拝殿の脇にある神楽殿も見事で、厳かで神聖な雰囲気が漂う。この地に伝わる岳の幟行事の終着地でもある。

DATA

住所●上田市別所温泉2338　MAP3Ⓙ　登場する小説●6グランパ　8カッパ　9円盤

撮影：岡田光司

雨乞い祭 岳の幟

◉たけののぼり

500年以上続く伝統の雨乞い行事

室町時代の1504年に、大干ばつに苦しんだ村人が、夫神岳に雨乞い祈願をしたところ、恵みの雨が降ったことから、雨の少ない塩田平で500年以上続けられている雨乞いの祭り。長い竹竿に色鮮やかな反物を吊るした幟を天に昇る龍に見立て、夫神岳の山頂の祠で神事を行った後、70本もの幟を手に山を下る。各演舞場所のささら踊りや三頭獅子の一行と合流し、終着の別所神社まで温泉街を一巡。幟の反物を身に着けると無病息災で暮らせると伝わる。

DATA

開催日●7月15日に近い日曜日
登場する小説●1五尺七寸
6グランパ　8カッパ　9円盤

撮影：早野由香

撮影：岡田光司

安楽寺

◉ あんらくじ

（上）木造として唯一現存する八角三重塔。／（右から）落ち着いた佇まいの本堂。／正面に本堂を臨む山門。／八角三重塔には、レイラインの起点である信濃国分寺三重塔と同様に大日如来が安置。太陽信仰との関連が伺える。

木造八角三重塔が日本で唯一残る禅寺

鎌倉の建長寺などと並び、日本で最も古い禅宗寺院。鎌倉時代には塩田北条氏の庇護のもと栄えたが、室町時代以降は衰退。1588年ごろに高山順京和尚によって再興され、以降は曹洞宗寺院となった。古い建物として残るのは国宝に指定されている八角三重塔のみ。近年、木材は1289年に伐採されたものであると判明し、少なくとも鎌倉時代末期には建立されたと考えられ、日本最古の禅宗様建築と推定される。かつては四重塔とされたが、一番下の屋根は裳階（もこし＝ひさし）と解釈。内部には禅宗寺院にもかかわらず、大日如来像が安置されている。

DATA

住所●上田市別所温泉2361　MAP3Ⓚ　TEL●0268-38-2062　時間●8:00～17:00（11月～2月は～16:00）　登場する小説●1五尺七寸　2忍び　3春休み　5神と仏　8カッパ　9円盤

日本遺産オリジナル擬人化キャラクター

陽《ひ》ノ《の》宮《みや》碧《あおい》

「信州上田10ストーリーズ」の中にも度々登場する「陽ノ宮碧」は、日本遺産をテーマに、上田女子短期大学の学生有志が制作した擬人化キャラクターの名前。「太陽」「神社」「空の青さ」をイメージした名前で、キャラクターの設定は明るく元気な好青年。ふざけたりすることもあるが、雨乞いの儀式になると真面目という一面も持っている。

作／優菜

日本《にほん》遺《い》産《さん》短《たん》編《ぺん》小《しょう》説《せつ》集《しゅう》
信《しん》州《しゅう》上《うえ》田《だ》10ストーリーズ

第一刷　2025年1月8日

編者　上田市日本遺産推進協議会

著者　ペリー荻野
　　　橋本達典
　　　岡沼美樹恵
　　　山木敦
　　　秦野邦彦
装丁　平田毅
企画　吉岡正幸
編集　西啓亮
編集協力　(有)ジャッジ
協力　上田市マルチメディア
　　　情報センター

発行人　奥山卓

発行　株式会社東京ニュース通信社
〒104-6224
東京都中央区晴海1-8-12
電話／03-6367-8023

発売　株式会社講談社
〒112-8001
東京都文京区音羽2-12-21
電話／03-5395-3606

印刷・製本　株式会社シナノ

2025 Printed in Japan
ISBN 978-4-06-538631-6

［著者］

ペリー荻野

1962年愛知県出身。大学在学中からラジオパーソナリティを務め、コラムニストとして活動。時代劇研究家。主な著書に『チョンマゲ天国―時代劇が止まらない』(ベネッセ)、『ちょんまげだけが人生さ』(NHK出版)『ちょんまげ八百八町』(玄光社)、『テレビの荒野を歩いた人たち』(新潮社)など。

橋本達典

1968年宮崎県出身。インタビュー記事を中心にWEB、ムック、雑誌などで執筆・編集。単行本『木梨憲武って!?』、『カンニング竹山の福島のことなんて、誰も知らねぇじゃねえかよ!』、『中森明菜の真実』、『1990年のCBS・ソニー』では構成を担当。

岡沼美樹恵

1973年東京都出身。ライター、翻訳。Yahoo! 公認オーサー、(公財) 仙台市産業振興事業団ビジネス開発ディレクター。映画「YORIKO」(2022カンヌワールドフィルムフェスティバル1位) 英語字幕。「Yahoo!ニュース　東北の美しき物語を紡ぐ」。「暮らす仙台」(仙台市産業振興事業団) などで執筆。

山木敦

1973年千葉県出身。ライター。『TVガイド』、『デジタルＴＶガイド』、『B.L.T.』にスポーツ、アイドル芸能記事、インタビューを寄稿。趣味のお城巡りでは日本の名城60を訪れ、鉄道旅では日本の路線の6割を踏破している。大学時代の専攻は児童文学。

秦野邦彦

1968年愛媛県出身。ライター。『テレビブロス』、『映画秘宝』、『フィギュア王』、『音楽ナタリー』、『OPENERS』などで音楽、映画、テレビ、フィギュア関連記事、インタビュー取材記事を寄稿。構成担当書籍にPerfume『Fan Service[TV Bros.]』(東京ニュース通信社) など。